“幼なじみ”の葵海と陸。
ある日、葵海が
交通事故にあうと、
いつのまにか過去に
もどっていた！

どうやら秘密は、陸の
もつ不思議なレコードに
あるらしい。
「過去をやりなおそう」と、
陸にさそわれて……？

〝恋人〟として、
チョコレートのように
甘くて幸せな
毎日を送るふたり。

ふたりって
つきあいはじめたの!?

何度も過去にもどる
ふたりの運命は……？

君と100回目の恋

映画ノベライズ みらい文庫版

ワダヒトミ・著
Chocolate Records・原作

集英社みらい文庫

プロローグ

それは、とても、空がきれいな日だった。

七歳の私は、海の見える高台にいて、ベンチに座っていた。

だけど、悲しくて寂しくて、今にも涙がこぼれそうだった。

うつむいている私には、空も海も、見えてなかった。

だって、その日、私は大切なレコードをまっぷたつに割ってしまったから。

レコードってなに？

クラスのみんなは、だれも知らなかった。

昔、CDの前に使われていた音楽を聴くための円盤。

プレーヤーにセットして、そこに針を落としてまわすと、音楽が流れだす不思議な円盤。

私の、宝物。

クラスのだれも知らないレコードというものを、たったひとりあの男の子だけは知っていた。

それで王子様のように高台にあらわれて、言ってくれたんだ。

「俺、そのレコード直せる」

「え？」

突然響いた声におどろいて顔をあげると、そこにはどこまでも柔らかな微笑みがあった。

そのとき、ふわっと優しい風がふいた気がした。

夏休みの前日に

日向葵海は、大学三年生。

なんにでもぶつかっていく猪突猛進な性格で、翻訳家になるのが夢で、けれど、英語は話せないという、ちょっと変わった女の子だ。

そんな葵海は、気持ちよく眠って、気持ち良い夢を見ていた。

それは、大好きな男の子との絆の記憶。大切な思い出。

心をくすぐるその感触に身をゆだねていると、夢の中にさらにべつの声が響いてくる。

『マイスター・ホラは、心は時間を感じるためのものだとモモに教えます。心が時間を感じられなければ、時間はないも同じだと』

――ん？

――この声って……教授？

葵海は、ほっぺたに硬い机の感触を覚えながら、ぼんやりと思った。

その瞬間、バサッとなにかが足もとに落ちた音がして、はっとした。

ヤバイ、ここ、大学の教室だ。私、授業中に居眠りしてた！

顔をあげると、前の席の学生たちが葵海を振りかえっている。

「あ……すみません」

葵海は床に落ちた本を拾おうとした。

ミヒャエル・エンデの『モモ』。時間どろぼうに盗まれた時間をみんなに返してくれた女の子モモの物語だ。今日の授業のテーマになっている。

すると、隣から親友の里奈が葵海をこづいた。

「(ねえ、となり)」

となり？

葵海が横を見ると、机のすぐそばに教授が立っていた。

「おはよう。気持ちのいい朝ですね」

教授は葵海に微笑みかける。

そして、床の本を拾いあげながら、つづけた。

「あんまりのんびりしていると、時間どろぼうが時間を盗みにきますよ」

「すみません……」

葵海が恥ずかしそうに首をすくめると、学生たちの笑い声が教室に響く。

それから何事もなかったかのように授業は再開され、教授の話がつづいた。

「そして、マイスター・ホラの話に、モモはこう質問するわけです。『すると、もし、あたしの心臓がいつか鼓動をやめてしまったらどうなるの？』と」

マイスター・ホラとは、モモが出会った時間を司る賢者だ。さわることも、つかまえることもできない「時間」というものについてモモに考えさせた人物で、葵海は、モモが時間のことを音楽のようなものだと気づくくだりが好きだった。

だから、居眠りをしてしまって、教授だけでなくモモにも申し訳ない気持ちになる。

葵海は、里奈に目くばせした。

「（もう、起こしてよ〜）」

構内の庭に出ると、葵海と里奈はふたりして思いっきり背伸びをした。

小柄でリスとかウサギみたいなキュートさのある葵海と、すらっと背が高くハンサムな魅力のある里奈。まったくちがうタイプのふたりだけど、ならんで歩いていると、どこか姉妹のような雰囲気がある。

今日は7月25日。大学三年生の前期授業はこれで終わりだ。

「あー！　やっと夏休み！」

晴れやかな笑顔を咲かせた葵海に、里奈がつっこむ。

「でも、葵海。来月からイギリスに行っちゃうなんて、ヤバくない？」

「えっ、なんで？」

「だって、むこうで居眠りなんてしてたら、追いかえされちゃうよ？　海外の大学って厳しいって言うじゃない」

冗談にも、本気で心配しているようにも見える表情で、葵海の顔をのぞきこむ里奈。

でも、葵海は、あっけらかんと返した。

「そういうのは、行ってから心配すればいーの！」

「ほんと、そーゆう行き当たりばったりなとこ、あるよね、葵海。でも、少しはさあ……」

「あっ、もう1時だよ、行こっ」

里奈の話もあまり聞かず、葵海は先を急ごうとした。

所属している音楽サークルのバンドの練習の時間が近づいているのだ。

けれども、猪突猛進な上に、おっちょこちょいなのが葵海。

前から歩いてきた学生にぶつかって、その人の持っていたコーヒーをこぼしてしまう。

「わあ、ごめんなさい！　すみません！」

葵海は、あわててハンカチをとりだした。


葵海と里奈が音楽サークルの部室に近づくと、中からバンドメンバーの直哉と鉄太の声がもれてくる。

直哉はベース担当で、素直で真面目。ルックスはいいのに、いいやつ過ぎて、ちょっとぬけている。

鉄太はドラム担当。適当な軽口ばかりたたいているようで、実はけっこう鋭いやつだ。

ふたりとも、葵海や里奈と同い年。

また今日もわけのわからない話をしてるにちがいない。

「やっぱこの夏が最後のチャンスか……」

直哉がため息まじりにもらすと、鉄太がはっきりと言い切る。

「ま、この世の中には、二種類の男しかいない。いける男か、いけねえ男か」

「……はあ」

「安心しろ、直哉。おまえならいける」

「……俺ならいける」

「おまえはいける」

「俺はいける！」

やっぱり、わけがわからない。

葵海は気にせず里奈と一緒にスタスタと部室に入って、声をかけた。

「なにがいけるって？」

すると、直哉はガタッと音を立てて体を強ばらせた。

それから、なにかを誤魔化すように、まくしたてた。

「え、いや！　べつに！　ただ鉄太くんが……」

けれども、話を振られた鉄太は、素知らぬ顔をして、楽器の音合わせの準備を進めている。

「さあ、やろう」

「また、直哉にしょーもないこと吹きこんだんでしょ？」

里奈が鉄太に尋ねると、直哉はさらに慌てた。

「なんでもねーって！」

ふーん？

首をかしげながら、葵海はギターセッティングを始めた。

そして、あることに気づいた。陸がまだきてない。

「あれ、陸は？」

「ああ、まだきてない。最近、おせーんだよな、あいつ」

ベースをチューニングしながら直哉が答えると、ドラムの前に座った鉄太がつづけた。

「学部じゃ見なかったけど。今日も図書館じゃね？」

陸は、葵海の幼なじみで、バンドのギター担当。大学は同じだけど、学部がちがう。

葵海は文学部で、陸は理工学部の物理学科だ。

難しい論文でも書いてるのかな？

そのとき、なにかの合図のように夏の午後の陽が差しこんで、部室が白く輝いた。

光の中で、葵海はギターを構えて、すっとマイクの前に立つ。

身長は高くないのに、とても伸びやか。

音楽サークルのメンバーではない里奈は、部室の端の机でチラシづくりをしながら、その姿を見つめて、小さな向日葵みたいだなと思った。

里奈が描いているチラシは、もうすぐ開催されるイベント用のもの。

壁にも大きなポスターが貼ってある。

《2016・7・31 SUN》

《SETO FES》

「もう、今週末だね。ライブ」

葵海がつぶやくと、里奈がペンを持ったまま葵海を指した。

「ライブ終わったら、葵海の誕生会もやるからね！」

「やったあ！　うれしい！　よーし、じゃあ、いくよー！」

♪　1, 2, 3, 4……Yeah! Yeah! Yeah!

葵海は自分のセッティングが終わるやいなや、弾むように歌いはじめた。

「え、え、え」

「ちょ、待って、待って」

まだ、スタンバイできていなかった直哉と鉄太は、慌ててついていこうとする。

けれども、結局グダグダな演奏になってしまって、そのまま突っ走ろうとしていた葵海もさすがに歌を止めた。

「も～！　ちゃんとやってよ～」

直哉と鉄太を振りかえって、ふたりに注意する葵海。

コツンと頭をなにかで小突かれたのは、そのときだった。

「痛ッ」

頭を押さえながら葵海が前をむき直すと、そこに陸がいた。

すらっと背が高くて手足も長く、完璧なスタイルで涼しい顔をして立っている。

手にしているのは、葵海の頭を小突いた楽譜だ。

「おまえが先走ってんだよ」

陸は、クールに葵海を注意した。

「おせーよ、陸」

直哉が声をかけると、陸は「ああ」と片手をあげて応える。

すぐに自分のギターを準備して、鉄太に合図した。

チューニングをする陸の指先を見つめていた葵海も、マイクにむかう。

「1，2，3，4！」

鉄太のカウントから始まったセッションは、今度は最初からぴったりと揃って奏でられた。

葵海の歌声が夏の強い光に負けないエネルギーを放ちながら部屋に満ちていった。

なんて、気持ちいいんだろう！

葵海や直哉や鉄太が晴れやかな気持ちで演奏を終えると、陸はすぐにギターを置いた。

「じゃ、俺、行くわ」

「え？　もう帰るのかよ」

目を丸くする直哉に陸が言う。

「ああ、ちょっと用事があってさ。あ、直哉、Bメロの二個目、いつもミスるだろ。本番までに練習しといて」

「お、おお、Bメロのあそこね」

「あと、鉄太くん」

「ん？」

「クラッシュシンバルが――」

ガシャン！

「うわっ」

話している先から、鉄太のドラムのクラッシュシンバルが、音を立てて落ちた。

いつの間にかスタンドのネジがゆるんでいたようだった。

「たぶん、スタンド自体にガタがきてるから、今のうちに替えた方がいいかも」

陸はなんでもお見とおしの賢者みたい。

みんなにアドバイスして、とっとと部室をあとにしようとしている。

葵海は慌てて、そのあとを追いかけた。

「陸！　今日――」

「わり」

「もー、まだなにも言ってないんだけど！」

「どうせ、留学の買い物、つきあえとか言うんだろ？」

「うっ」

あまりに図星だったので、葵海は口をつぐんだ。

「おまえの言うことくらい、読めんだよ。でも、俺、忙しーの」

「女だろ〜」

鉄太が冗談めかして言った。

「さーね」

陸はふっと笑って、風のように部室を出ていった。

え？　女？

意味ありげな陸の反応に、葵海は内心動揺した。

だって、陸に彼女だなんて、これまで聞いたこともなかったから。

「はぁ、ほんと相変わらず嫌みなくらい完璧なヤツね」

里奈が心底感心した様子でつぶやいた。

鉄太はため息をついて、葵海に尋ねる。

「ねえ、葵海ちゃん、あいつのすげーダサいとこ、教えてよ」

「？」

「ひとつくらい弱点あるでしょ？　全力で走るとかっこ悪いとかさー」

「そうそう、好きな子とふたりになると、しゃっくりが止まらなくなるとかね」

直哉にも言われて、葵海は幼いころからの陸を思いかえしてみた。

でも……。

「ん～。ない」

その答えを聞いて、直哉と鉄太は唖然とした。

「ない？」

「ひとつも？」

「……うん。昔っからそう。いつだって陸は、完璧なの」

葵海は、思う。

そうだ。こんなに完璧な陸なんだから、彼女がいたっておかしくないよね。

なんで、今まで気づかなかったんだろう？

ふいうちの告白

「葵海！　いい加減、起きなさーい。何度も目覚まし鳴ってるじゃない」

7月26日、夏休みの最初の朝から、葵海は母の圭子にベッドの布団をはがされた。

床には散らかしっぱなしの紙切れ。

街中で思いついた歌詞のフレーズを書きこんだ喫茶店のコースターやお店のレシートだ。

授業中にメモしたノートの切れ端もある。

日々の生活の中で、ふとしたときに感じた心の揺れやときめき。

想いのかけらたちを集めてならべ替えて、インスピレーションを得て、より強いメッセージへとまとめていくのが、葵海の作詞のスタイルだ。

「またこんなに散らかして！　留学の荷造りもちっとも進んでないじゃない。先にむこうに送るんでしょ？　それに買い物はどうするの？」

「ん〜っ！　もう、いろいろ一気に言わないでよ〜」

葵海は目をこすりながら、渋々体を起こした。

でも、圭子は容赦ない。

「だって、シャンプーだのリンスだの、持っていくものちゃんと準備しないと！」

「そんなの、むこうで買うよ！　もー、やろうと思ってたのに、お母さんがなんでも先まわりして言うから、やる気なくなるじゃん……」

「なに、小学生みたいなこと言ってんの」

そこへ葵海の弟で高校生の祐斗が、顔を覗かせた。

「とりこみ中のところ悪いんだけど……母ちゃん、シャケ焦げてる」

母も姉もどっちもどっちと言いたげな表情だ。

「え。やだ、火止めてくれた？」

圭子の問いかけに、祐斗は平然と答える。

「いや、見てただけ」

「えーっ」

血相を変えて一階におりていく圭子を見送って、葵海は呆れた。

「ほんと、目の前のことしか、見えてないんだから」

祐斗はそんな姉をチラッと見て、飄々と言った。

「な、姉ちゃんそっくり」

「はあ？」

「うぜ」

何事にも前のめりな葵海とちがって、祐斗は思春期の男の子らしく、最近はいつも冷めた風な口をきく。

かっこつけちゃって……。

ふうっとため息をついて、葵海はベッドからおりた。

でも、ほんと、来月にはもうイギリスで暮らしてるんだよね、私。

まだ空っぽのスーツケースを見つめながら、葵海はしみじみと考える。

お父さんとお母さんが離婚して、この町に引っ越してきたのは六歳のころ。

だから、もう十五年くらいになるのかな。

海が近くて、潮の匂いがして、大好きな町。
その町を長くはなれたら、こんな私でもホームシックってやつになったりするのかな？
葵海は、少しだけセンチメンタルな気持ちになった。
でも、すぐに思い直した。
先のことなんてわからないけど、きっとなせばなる！
というか、それより前に、まずは「瀬戸フェス」だ！
えいえいおー！
葵海は、ひとりでこぶしを振りあげてみた。
それから、軽快に着替えをすませて、家を飛びだした。

「こんにちは！」
葵海が訪ねたのは、海のすぐ傍にあるカフェだ。

昔、海の家だった建物で、風のぬける気持ちのいい空間に、店主の俊太郎が集めたチャーミングな雑貨がそこかしこに置いてあって、とても落ち着ける場所。

古いレコードがたくさんならんでいる棚も、葵海のお気に入りの一角だった。

「おお、葵海ちゃん、いらっしゃい」

俊太郎は、レコードプレーヤーの上のレコードになにやら細工をしながら声をあげた。

手には爪楊枝。よく見ると、レコードの溝にその先端を当てているようで……。

「なにしてるの？」

「んー？　針飛び、直してんの」

「へえ！」

「よし、これでいけるはず」

俊太郎は、プレーヤーのスイッチを押した。

流れだした音楽に葵海と俊太郎は、耳をすます。

けれども、途中でブツッと音をたてて、音楽は途切れた。

「あ！」

針飛びのせいで、針はレコードの同じところをぐるぐるとなぞって、プツプツと音がループしていた。

俊太郎は、むずかしい顔でレコードを見つめる。

「はあ、ダメかあ」

「あ、そうだ、俊太郎さん。これ、お店に置いてもらってもいいかな？」

葵海は、肩に掛けていたトートバッグから紙の束をとりだした。

里奈が書きあげた瀬戸フェスのチラシを印刷したものだ。

「お〜」

「里奈がつくってくれたの」

「いちばんいいとこ置かなきゃな」

「わ、やったー」

「出番は……五番目だね」

「そう、五番目。絶対観にきてね」

「行く行く」

そのとき、二階から階段をおりる足音が聞こえて、陸がお店に顔を出した。

頭がボサボサで、たった今起きたって感じだ。

「叔父さん、なんか食うもん……」

「おはよう。パン焼くか？」

「うん」

陸は、今、俊太郎とふたりで暮らしている。

高校二年生の夏に陸の両親の海外赴任が決まったのをきっかけに、小さなころから入りびたっていた叔父の俊太郎の家で居候をしている。

陸と俊太郎、ふたりがならんでいると、兄弟にも見える。

血筋なのか、俊太郎も陸と同じように背が高くて、手足が長い。

五十歳のおじさんには見えないけれど、どこかおじいさんのような落ち着いた雰囲気もある。

「今、起きたの？」

自分だって寝坊していたことを棚にあげて、葵海は、陸に問いかけた。

「ああ」

ぼんやりした声を陸が出すと、俊太郎がつっこむ。

「徹夜だろ。相変わらず、朝から晩までわけわかんねーむずかしい本眺めてさ」

「えっ、まだ勉強してるの？　今日から夏休みなのに？　試験も終わったのに？」

葵海は目を丸くしてつづけた。

「でも、陸。今日は、看板づくりだよ。これから外でみんなとつくるから、あとで手伝いにきてよね！」

「おお」

陸はあまり乗り気じゃなさそうな返事をした。


さすが元・海の家だけあって俊太郎のカフェの外はそのまま砂浜につづいている。

カフェの扉をあけると目の前にキラキラと光る海が広がる。

その瞬間が葵海は大好きだった。

「さあ、やろう！」

葵海が声をかけると、里奈は「もう始めてるよー！」と笑って、ペンキの刷毛をかかげた。

直哉と鉄太の姿が見えないと思ったら、少しはなれたところで、カフェで飼っているヤギにえさをあげていた。

「ヤギってさ、紙を食べると腸閉塞で死ぬんだって」

鉄太がぽつりと言うと、直哉がすっとんきょうな声をあげる。

「え!?　じゃ、白ヤギさんからお手紙がきたら、黒ヤギさんはどうしたらいいの？」

「おまえは、ほんと、平和だなあ……。でもな、いくならさっさといかないと、もうすぐ留学しちゃうんだぜ」

その言葉を聞いて、直哉は一瞬思い詰めたような表情になった。

でも、すぐに首をふる。

「いや、物事には順序ってもんがあるだろ……うん」

そんな男子たちのやりとりにまったく気づかぬまま、葵海と里奈は、看板にペンキを塗りながら、おしゃべりをしていた。

「――でね、弟が最近、どんどん生意気になってきてるんだよ。髪形とかも気にしちゃってさ！　あれ、きっと彼女でもできたんじゃないかなあー」

能天気に話す葵海に、里奈はそっと囁いた。

「(……っていうか、あんたは、このまんまでいいの？)」

「え？」

「(陸と)」

「…………」

突然出てきた陸の名前に、固まる葵海。

「留学したら、一年も会えなくなるんだよ？　ただの幼なじみで過ごす夏休みと、彼氏彼女で過ごす夏休みは全然ちがうよ？」

「……だって……」

「はーい、ビビリ決定だね」

ぴしゃりと言われて、葵海はグッと息を飲んだ。

「……い、いいでしょべつに、このままでも！　陸、私の誕生日だけは、毎年祝ってくれるし。……だって、昔、約束してくれたんだもん。『おまえの誕生日、100歳まで俺が祝ってやる！』って」

「……はいはい。またその話ね」

「普段は無愛想でも、その約束だけは絶対守ってくれる。ほんとは優しいんだよね」

「じゃあさ、ぶっちゃけ今まで、一度でも陸に『好き』って言われたことあるの？」

里奈が鋭い質問をぶつけてくる。

葵海は、ぷくっと少しほおを膨らませて、答えた。

「……ない」

「じゃあ、『私は特別』って思ってるのは、自分だけかも」

背中を押してくれているのはわかってるけど、痛いところをついてくる里奈の鼻に、

葵海は「えいっ！」とペンキをつけた。

「きゃ！　ちょっと！」

「ふふふ、ごめん、体が勝手に動いちゃった」

「ちょっと～」

葵海と里奈は、ペンキのついた刷毛を持ちながら、きゃあきゃあとはしゃいだ。

そこにようやく陸が出てきて、冷静に声をかける。

「なにやってんだよ、汚れるだろ」

陸は、女子たちのふざけあいに今にも巻きこまれそうな看板を手にとった。

そこへ直哉と鉄太も近づいてくる。

「すげ～！　里奈、いい感じにできてるじゃん」

直哉が言うと、里奈はうれしそうに笑った。

「ほんと？」

「ところで、今、きゃあきゃあ言ってたのって、なんの話？」

「え？　べ、べつになんでもないよ！」

慌てる葵海。

葵海の陸への気持ちは、親友の里奈にしか話していない秘密だ。

そのときだった。

ババババ、ブシャ――――ッ！

大きな音がしたと思ったら、突然あたりに水しぶきが上がった。

葵海の瞳に、まるでクリスタルのように太陽の光に輝く水の粒が映った。

「えっ」

「なに!?」

「うわっ」

「ぎゃー！」

降ってきた水を浴びて、ずぶ濡れになって、大パニックの葵海、里奈、直哉、鉄太。

カフェのすぐ近くで工事を進められていた水道管から、噴水のように水が溢れだしたのだ。

「か、看板は……っ」

はっとして、葵海が叫んだ。

せっかくもうすぐできあがるのに、台無しになってしまったらたまらない。

でも、看板は見当たらなくて――。

「無事だよ」

声のほうを見ると、そこには看板を持って、涼しい顔で立っている陸がいた。

陸は、いつの間にかはなれた場所にいて、少しも濡れていなかった。

「ちょ、ちょっと、私たちは全然無事じゃありませんけど!?」

「なんで、おまえだけ濡れてねーんだ?」

「ほ、ほんとだ」

直哉と鉄太も納得いかないって顔をしている。

「おまえらがトロいんだよ」

陸は、ふっと余裕の笑みをこぼして、看板を置く。

「はあ?」

みんなは、水を滴らせたまま、ポカンと口をあけた。

数日後、葵海と里奈と鉄太の三人は、サークルの部室によって、バンドの機材を運びだしていた。

葵海と鉄太が台車を押して機材を車まで運ぶと、里奈がトランクをあけて中に入れる。

その繰りかえしの中で、葵海はふと、遠くに陸の姿があるのに気づく。

大人っぽくて聡明そうな女性と、親しげに話している。

葵海がじっとその様子を見つめていると、それに気づいた鉄太がつぶやいた。

「なんだよ、あいつ。きてるんなら手伝えよ、なあ」

「あれ、誰だろう」

「ああ、あれは物理の大学院生の遥さんだね」

「ふーん」

「よくあるあれだな、自分を成長させてくれる年上の女性パターン」

「……へえ、陸もやるねえ」

葵海の胸は、チクチクと痛んでいた。

でも、なんにも気にしてないみたいに軽い口調で流して、黙々と作業をつづけた。

陸はその日も図書館にこもっていた。

本を抱えてロビーを歩いていると、そこに直哉がやってくる。

「おう、陸」

「ん、なに？」

「え～っとさ、話があってさ。そのー」

「……葵海のこと？」

核心をつかれて、直哉はドキッとした。

「えっ！　は？　なんで？」

「わかりやす過ぎるだろ」

「まじで？　はは……ま、まあ、そうだよな……。なあ、陸、おまえは葵海ちゃんのこと、どう思ってんの？」

「いや、べつに……」

「べつにって、なんだよ。じゃあ、俺、告るけど、いいんだよな？」

「いいんじゃないの？　なんで俺に聞くんだよ」

「……ふーん。わかった。とにかく俺、仁義は切ったからな、あとで文句言うなよ！」

直哉は、じっと陸の目を見つめてから言い放ち、立ち去ろうとした。

「……たのむ」

去り際に聞こえた陸の言葉に、直哉は「はあ？」と首をかしげた。


7月29日。

葵海と里奈、直哉、鉄太の四人は、回転寿司屋にきていた。

「このあと、神社に行く？　なんで？」

突然、直哉から神社にさそわれて、葵海は率直に疑問を投げかけた。

「いや、うん、ちょっと話があって……」

直哉は陸に宣言したとおり、葵海に自分の想いを告げようとしていた。

なのに、直哉の恋心を知っているはずの鉄太がそれに気づかずに、余計なことを言いだす。

「おいおい、それはメンドクセーよ。ここで話せばいいじゃん？」

「鉄太くんはいいんだよ、俺は葵海ちゃんに用が……」

「え？　私だけ？　なんなの？　用って」

「いや、だから、その……」

ここまでくると、里奈もなにかを察して箸を止め、さすがの鉄太もはっとした。

「あーっ！　あれか！　あれなんだな！　うん、神社はありだ……ありだぞ」

しきりにうなずきはじめた鉄太を見て、葵海の頭にはますます「？」マークが浮かんだ。

「え、ほんと、なんなの？　気になるから、今言ってよ」

「うぅ。ほら、あの、だから……わかるっしょ？」

「わかんないよ」

「いや、わかるっしょ！」

「だから、なに!?」

直哉は葵海に詰めよられて、思わず叫んだ。

「あ〜もう！　みんなの前で言ったら、告白になんないっしょ！」

お店中に響き渡ってしまった声。

直哉の顔がみるみるまっ赤になった。

「……え？」

ただただおどろく葵海。

鉄太は、なんとかフォローしようと言葉を重ねた。

「うん、これもあり！　全然あり！　こういうパターンも十分あり！」

でも、余計にいたたまれなくなってしまった直哉は、席を立った。

「……そういうことだから……」

残された三人は、言葉を失って、直哉の背中を見送った。

その日の夕方、葵海の足は、俊太郎のカフェにむかっていた。

「陸、いる？」

「あー、まだ帰ってきてないな。葵海ちゃん、夕飯、食べてく？　カレーだよ」

「わあ、食べたい！　じゃあ、上で待ってるね」

葵海は、まるで自分の家のように自然に二階へ上がっていく。

昔からよく遊びにきた勝手知ったる幼なじみの部屋。

でも、最近、陸の部屋には、葵海にはよくわからない物理学の本ばかりが増えていた。

量子力学かあ……。

アインシュタインの相対性理論くらいしかわからないなあ。それも名前を知ってるだけだけど……。

葵海はしげしげと陸の本棚を眺めた。

ガサッ。

そのとき、押し入れの中で物音がした。

「？」

そっとふすまをあけてみると、中から俊太郎の飼っている猫が飛びだしてきた。

「わあ！」

おどろいて尻もちをつきそうなほど体をのけぞらせた葵海は、「……もー、ニャンコ、びっくりさせないでよ」と笑って、ふすまをしめようとした。

でも、押し入れの中に、一台のレコードプレーヤーがあることに気づいて……。

なんで、こんなところに？

葵海は、プレーヤーの上に置かれているレコードに手を伸ばした。

「触るな」

突然うしろから響いた陸の声に、葵海はまたビクッとさせられてしまう。

そして、手からレコードがすべり落ちていく。

「あ、ごめん……っ」

慌てて拾おうとする葵海。

けれども陸は、それよりも素早くレコードを拾いあげて、プレーヤーにもどして、すぐにふすまをしめた。

「えっ、なんで隠すの？」

一瞬のできごとに、葵海は目を丸くした。

「おまえに見られたくないもんもあんの」

それを聞いて葵海はニヤリ。

「わかった、エッチなやつだ」

「さあね」

陸は顔色を変えずに答えた。

葵海はまだニヤニヤしながら言う。

「むずかしそうな本ばっかりならべて、無理しちゃって」

「なにか、用があるんじゃないの？」

ベッドに腰掛けてギターを弾きながら、陸が問いかけた。

「そうだった。あ、あのさ、日曜のライブで……」

「どーせ、新しい曲つくって発表しよう、とか言うんだろ？」

そのとおりだった。

ああ、陸はどうしていつも、なんでもお見とおしなんだろう？

「そうなんだけど……なんでわかったの？」


ギターを持った陸と葵海は、カフェのテラスのテーブルに移動した。

日本の夏の湿った夜の空気が、ふたりをつつむ。

葵海は、バッグを逆さにして、バサバサと振った。

中からたくさんの紙切れが出てきて、テーブルの上に散らばる。

思いついた歌詞のフレーズを書きこんだ喫茶店のコースターやお店のレシートやノートの切れ端。

陸はそれらを几帳面にならべながら、ため息をつく。

「あー、何度言っても無駄だけど、一回まとめてから持ってこいよ」

「はいはいはい。あ、これ、歌いだしはこんな感じがいいかなって」

紙切れのひとつを葵海が指すと、陸がギターを鳴らしてコードを探っていく。

「こう？」

「うんうん」

陸は歌詞にメロディをつけて歌いはじめる。

♪　きみと交わした言葉が頭の中何度も巡る

葵海はワクワクしながら、そんな陸を見つめる。

「つづきは？」

「あ、えーと、これとか？」

葵海が渡したメモ入りの箸袋を見て、陸は言う。

「いいじゃん。葵海らしい歌詞だな」

「ほんと？」

「うん、『とんかつとん喜』」

「それは、お店の名前だってばっ」

とりゃ！

葵海が陸につっこみのキックを入れようとすると、陸は軽やかにそれを避けた。

こんなときまで完璧でヤなやつ！

「もう……っ」

葵海はぷうっとほおを膨らませた。

陸はふっとくちびるの端で笑って、ギターを弾きはじめた。

葵海もすぐに気をとりなおして、歌いはじめる。

陸のギターの音は、いつも葵海の心をくすぐる。

葵海の心はくすぐられて、飛び跳ねて、伸びやかな歌声になって、空にのぼっていく。

気持ち良く歌い終えると、今度は質問タイムだ。

「ねっ、さっきのコードなに？」

「え、どれ、これ？」

「ちがう」

「これかな？」

「あ、それ！　私も弾きたい！」

「ん」

陸に渡されたギターを抱えてから、葵海はさらにたのむ。

「教えて」

陸は、ごく自然に葵海のうしろにまわりこんで、背中からつつみこむようにギターの弦を押さえる葵海の指に手を添えた。

「えーと、親指はここ、で、ここにこうかぶせて……」

「こう？」

「うん、そう。弾いてみて」

葵海は、思いっきり弾いてみる。

でも、きれいに響かず、バラバラとした音が散らばるだけだった。

「あはは、ダメだこりゃ」

「うーんと、こうでしょ。で、こうでこう……」

「んー……」

一生懸命トライしてみても、うまく音は鳴らなかった。

陸のようには弦が押さえられないのだ。

「無理だよ。だって、私の手、これだよ？」

葵海は自分の手を広げてひらひらとさせて見せた。

体も小柄だけど、手も小さめだ。

「そこまで変わんねーだろ」

陸は、葵海の手のひらに自分の手のひらを重ねあわせた。

陸の手は葵海の手より一まわりも二まわりも大きい。

けれど、その事実よりも、陸と手を合わせたこと、陸の顔が自分の顔にものすごく接近してきたことにドキッとして、葵海は慌てて声をあげた。

「ぜんっぜん、ちがうじゃんっ」

「あはは、ちがうか」

陸はなんにも気にしてない様子で、もとの席についた。

葵海は、ほてった顔を隠すようにして、陸にギターを返す。

「……いつも思ってたんだけど、陸もライブで歌えばいいのに」

「俺、そういうのいいから」

「陸、昔からそんなんだったっけ？　いつの間にか落ち着いちゃってさ。中身、おじさんだよね」

「おまえらが、ガキ過ぎなんだよ」

陸はまた、むずかしいコードをつなげながら、ギターを弾きはじめた。

それから、ぽつりと言う。

「なあ、もし……俺がどっかにいなくなっても、直哉とうまくやれよ」

「……え？」

どうして、急に直哉の話？

直哉からなにか聞いてるの？

葵海の混乱をよそに、陸はつづけた。

「おまえがこれから先、突っ走って転ぶの、俺がいつまでもフォローしてやれるわけじゃないし。あいつバカだけど、すげーいいヤツだから」

はあ、なに、それ？

葵海はいきなり突き放されたような感覚がして、ガタッと立ちあがった。

悲しすぎて、口もとに皮肉っぽい笑みが浮かんでしまう。

「……あはは、確かに。そーかもね」

バサバサと紙の切れ端を集めてバッグに押しこんで、葵海は帰り支度をした。

そして、「曲、やっぱ、間にあわなそうだからいいや」と言い残して、そのまま陸の顔を見ずに、カフェをあとにした。

だって、目が合ったら、今にも涙が溢れそうなことが、バレてしまうから……。

私たちの最後のライブ？

瀬戸フェスの会場は、海沿いのヨットハーバーだ。

明日の開催を前に、大勢のスタッフが走りまわっている。

葵海と里奈もスタッフのひとりとして、旗のセッティングの手伝いをしていた。

「そしたら、陸、『直哉とうまくやれよ』だってさ。……まるで、他人事だよ。こっちの気も知らないでさ」

くちびるを尖らせて里奈に話す葵海。

つい強がって、なんでもないことのように話してしまう。

里奈は「ふーん」と小さく相づちをうった。

そのとき、ピコッと葵海のスマートフォンが鳴った。

ちらっと確認すると、直哉からメッセージが届いていた。

《今、なにしてる？》

「あ……」

「直哉？」

「うん」

「なんだって？」

里奈に画面を見せようとすると、次々とメッセージがつづく。

《昨日はみんなの前でごめん》

《ちゃんと話したいから、会えないかな？》

《あ、明日のライブの打ち合わせとかもしたいしさ！》

どうしよう……。なんて返事をしたらいいのか、わからない。

「私には好きな人がいる」って言う？

陸は私のことなんてなんとも思ってないのに？

直哉とうまくやれって言われてるのに？

葵海は、なんだか、やぶれかぶれな気持ちになった。

「あーっ、もう！　陸がそこまで言うなら、直哉でいいから、つきあっちゃおうかな」

葵海がこぼす。

それを聞いた里奈は、しばらく黙って、それからとても低い声を出した。

「……『直哉でいいから』？」

その声にはっとして葵海が顔をあげると、里奈はまるで知らない人みたいな表情をしていた。

厳しい眼差しで葵海を見つめている。

「直哉が今まで、どれだけ葵海のこと想ってたか知ってるの？」

「え……」

「一年のときからずっとだよ？　ずっと片思いしてたんだよ？　葵海がイギリスに留学しちゃうから、勇気を振り絞って、やっと気持ち伝えたんじゃん」

「…………」

「その気がないなら、せめてちゃんとふってあげなよ。それともなに？　陸がダメなら、直哉に行くの？」

「そんなつもりじゃ……」
葵海はとっさに答えた。
本当にそんなつもりはなかった。
でも、だったらなおさら、さっきの自分の発言は、救いようもなくひどいものだ。
それに気づかされて、葵海は青ざめた。
「……どれだけ勝手なの」
冷たく言い放って、里奈はその場から去っていった。
里奈は、とても悲しそうな顔をしていた。
もしかして、里奈は直哉を……？
そんなことにも今まで気づけなかった自分が心底嫌になった。
葵海は、ただ立ちつくしていた。

ライブが明日に迫っていても、陸は図書館で勉強をしていた。

いつも持っているノートは、細かい書きこみでびっしり埋まっている。

それを見つめて、思いつめた様子で考えこむ陸。

『今まで試していないことをする』という文字を大きな丸で囲った。

それから、陸が家にもどると、カフェの看板のあかりがちょうど消えるところだった。

猫を抱きながら中のテーブルに座ると、俊太郎が声をかける。

「夕飯、カレーうどんな」

「うん」

昨日のカレーを次の日にアレンジして出すのは、俊太郎の定番だ。

「あ、そうそう、明日の葵海ちゃんの誕生会、瀬戸フェスのあと、うちで――」

「あー、パーティは、叔父さんに任せるよ」

陸は俊太郎の言葉をさえぎるように言った。

「薄情なヤツだな、葵海ちゃん、かわいそうだろ」

「今、それどころじゃないんだよ」

「……昨日、葵海ちゃんとなんかあった？　カレーも食べないで帰っちゃったけど」

「べつに」

「調子こいてると痛い目にあうぞー。女ってのは一度見限ると、もうほんと、びっくりするくらいあっさりいなくなるからな」

「……」

陸は猫を膝からおろすと、俊太郎に静かに問いかけた。

「……叔父さんは？」

「ん？」

「ずっと、独りでいるつもり？」

俊太郎は、ぴくっと表情を変えた。

カウンターの中に貼ってある亡き妻の写真に一瞬目をやり、それから、すぐに明るい口調で言う。

「俺は全然そんなつもりないけど？　この店と同じ……いつでもウェルカム。ま、相手がこないんだけどね」

陸は、俊太郎の気持ちを察するように微笑んで、お店にかかっているカレンダーを見つめた。

明日7月31日のスペースに、『瀬戸フェス』『あおいちゃん誕生日』と記されている。


ついに瀬戸フェスの日がやってきた。

会場には、葵海の母の圭子、弟の祐斗、俊太郎の姿もある。

「うわっ、あっつ！」

こっそり彼女ときている祐斗は、出店で買ったたこ焼きを勢いよく食べて、むせていた。

そんな外の盛りあがりに反比例して、舞台裏で出番を待つ葵海たちには、気まずくて重苦しい空気がのしかかっていた。

直哉は葵海を見つめて、葵海は陸を見つめて、陸は時計を確認している。

いつもなら里奈も、一緒に舞台裏でぎりぎりまで待機してくれるのに、今日はいない。

舞台の袖から観客席を覗いてみても、どこにも見当たらなかった。

「……きてないみたいだな、里奈」

鉄太が葵海に声をかけた。

「うん……。なにか連絡あった？」

「いや、ないけど。でも、まあ、目の前であんな告白を見せつけられちゃったらな」

鉄太は苦笑した。

「……鉄太くんは知ってたの？　里奈の気持ち」

「っていうか、バレバレだろ。用がなくてもしょっちゅう部室にきて、直哉のことばっか見てたし」

「……………」

「いや、でも、まあ、こればっかりは、葵海が気にしてもしかたないだろ。それに、ほらよく言うだろ？　流した涙の数がオンナをきれいにする、とかなんとか」

どうにかフォローしてくれようとする鉄太。

そのとき、イベントのスタッフから声がかかった。

「ストロボスコープさん、出番でーす！　お願いしまーす！」

鉄太と直哉はその声にうながされて、ステージへとむかっていった。

葵海の気持ちは、ぐちゃぐちゃだった。

「……私、最低だ……」

自分のことが許せなくて、くちびるを噛む。

そのままステージに踏みだそうとすると、陸にうしろから腕を掴まれた。

「深呼吸しろ。顔、険しいぞ」

いつもと変わらない落ち着いた陸の声。

それが葵海をどうしようもなく苛立たせた。

「……陸みたいにいつも冷静でなんて、いられないんだよ」

「大丈夫だよ。おまえは、いつもみたいに笑っていればそれでいい」

優しい言葉なのかもしれない。

でも、今の葵海には、刃に感じられた。

「……なにそれ、嫌み？」

葵海は陸の手を振り払って、ステージに出ていった。

「つづいて、ストロボスコープのみなさんです！」

司会の男性が景気よく、バンドを紹介してくれた。

けれども、葵海の表情は硬いまま。

間もなく打たれた鉄太のドラムのカウントに気づかず、歌いだしが遅れる。

慌てて合わせようとしたけれど、いつもの伸びやかさとはほど遠く、ぎこちない歌声がマイクに乗ってしまった。

これじゃダメと思っても、調子をとりもどせない。

焦っていると、さらに途中で歌詞がぬけてしまった。

葵海の頭はまっ白になった。

観客もその様子に気づきはじめて、知らないおじさんから野次が飛んできた。

「おい、ねえちゃん、どうした。がんばれよ〜」

その声に余計に体が固まってしまって、ついに歌えなくなってしまう葵海。

直哉と鉄太も葵海を気にして、演奏を止めた。

ステージで演奏をつづけているのは、陸だけ。

会場にギターの音だけが響く。

「陸！　陸！」

慌てて、鉄太が陸を止める。

一切の音が途切れて、ざわつく会場。

司会の男性がフォローに飛びこんだ。

「おーっと、あれあれ？　どうしちゃったかな〜？　ちょっと緊張しちゃったのかな？　じゃあ、もう一回最初からいってみる？　すみませんね〜、観客のみなさん」

若者たちのバンドの、ちょっとしたトラブル。

男性はそんな調子でその場を仕切った。

「それでは、改めて、聴いていただきましょう！　ストロボスコープのみなさんの演奏です――」

ステージの上での時間がこんなに長く感じられたのは、はじめてだった。

いつもあんなにすぐに過ぎていくのに。

楽しい時間はすぐ過ぎる、辛い時間はいつまでもつづく。

ようやく持ち時間を消化して、葵海たちは舞台裏にもどった。

「いやー、終わった、終わった！　もう、ぱーっと飲んじゃおうぜ！　な！」

直哉が明るい声を出す。

気をつかってくれているのがわかって、葵海はなおさらいたたまれない気持ちになった。

「ごめん」

こんなのかまってちゃんの駄々っ子みたいって思ったけれど、その場を立ち去るしか
葵海にはできなかった。

瀬戸フェスに集まる人々の流れに逆らうように、葵海は会場から遠ざかっていった。
「……最低、最低……最っ低……！」
人ごみの中をぬけながら、ずんずんと早足で歩いていく。
葵海は、自分への怒りでいっぱいだった。
人の気持ちを踏みにじって、人に気をつかわせて、取り柄の歌さえちゃんと歌えない。
みんなとの最後のライブだったのに台無しにしてしまった。
自分が情けなくて、目のふちから涙がこぼれ落ちた。
一度落ちると、あとからあとからぽろぽろと溢れだしてしまう。
手で拭いきれなくなった葵海は、ポケットからハンカチをとりだした。
そのとき、ふわっと白い紙切れが舞った。
歌詞を書きこんだメモが落ちて、風に飛ばされたのだ。
あ……。
紙切れにとっさに手を伸ばす葵海。
その切れ端までなくしてしまったら、自分の中の大事なものがすべて壊れてしまう。

そんな気がした。

だから、人の間をぬって、必死で追いかけていく。

でも――

気づくと葵海は、大きな道路の真ん中に立っていた。

次の瞬間、聞こえたのは、悲鳴のような急ブレーキの音。

はっと横を見ると、葵海の体にトラックが突っこんでくる。

そこから先はすべてがスローモーションだ。

海の匂いを感じて、トラックが目の前に迫って、目の端に街頭の時計の針が「18時10分」を指しているのが映った。

そして、ブレーカーが突然落ちたかのように、真っ暗闇が訪れた。

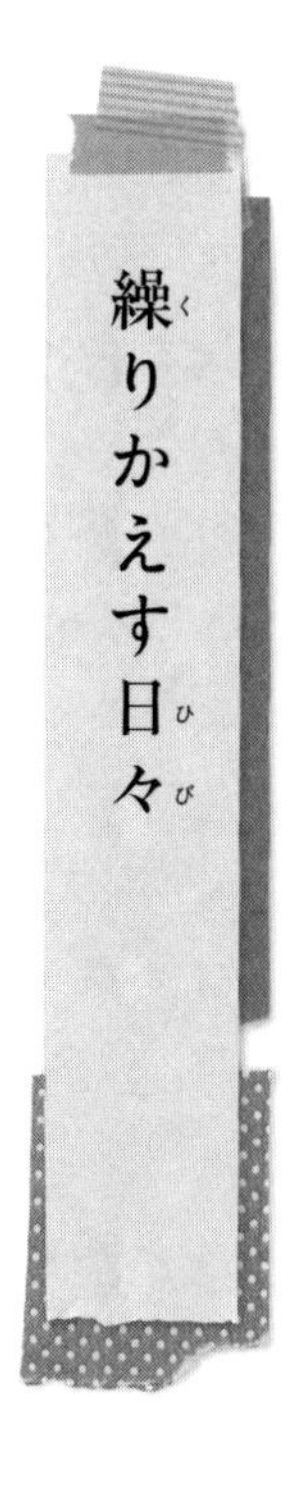

暗闇の中、プツ……プツ……と、どこかなつかしい音が聞こえていた。

たとえるなら、朝、目が覚める前、夢うつつでいるときに聞こえてくる家族の生活音みたいな温かさを感じる。

でも、私、さっき……。

そこにさらにべつの声が響いてくる。

『マイスター・ホラは、心は時間を感じるためのものだと――』

――ん？

――この声って……教授？

日向葵海は、ほっぺたに硬い机の感触を覚えながら、ぼんやりと思った。

その瞬間、バサッとなにかが足もとに落ちた音がして、はっとした。

「うわあああああ！」

葵海は悲鳴をあげた。

だって、私、トラックにひかれて……っ！

恐怖で息ができず、心臓がバクバクと脈打つ。

ただ、目の前にあるのは、いつもの授業の光景だった。

前に座っている学生たちが、おどろいた顔で葵海を振りかえっている。

すると、隣から親友の里奈が葵海をこづいてきた。

「(ねえ、となり)」

となり？

と、葵海が横を見ると、机のすぐそばに教授が立っていた。

「おはよう。気持ちのいい朝ですね」

教授は葵海に微笑みかける。

そして、床の本を拾いあげながら、つづけた。

「あんまりのんびりしていると――」

葵海は、このシーン知ってる、と思った。

このあと教授は、確か「時間どろぼうが時間を盗みにきますよ」と言う。

「――時間どろぼうが時間を盗みにきますよ」

教授の声が響く。

やっぱりだ。

そして、その後も知っているとおり学生たちの笑い声が教室に響いた。

何事もなかったかのように授業は再開され、教授の話がつづく。

むずかしい表情をしている葵海の顔を里奈がのぞきこんだ。

「どうした？」

「ううん」

教室の黒板に『7月25日月曜日』と記されている。

これは夢なんだろうか。

それとも今までのことが夢だったんだろうか。

葵海は混乱していた。

　サークルの部室に行くと、葵海が知っているとおりのタイミングで陸がやってきて、バンドの練習が始まった。

　演奏が終わると、陸はすぐにギターを片付けて言う。

「じゃ、俺、行くわ」

「え？　もう帰るのかよ」

　目を丸くする直哉に陸が言う。

「ああ、ちょっと用事があってさ。あ、直哉、Bメロの二個目、いつもミスるだろ。本番までに練習しといて」

「お、おお、Bメロのあそこね」

「あと、鉄太くん」

「ん？」

「クラッシュシンバルが――」

ガシャン！

「うわっ」

話している先から、鉄太のドラムのクラッシュシンバルが、音を立てて落ちた。

これも知っている展開だ。

「たぶん、スタンド自体にガタがきてるから、今のうちに替えた方がいいかも」

さくさくとみんなにアドバイスをして、部室をあとにしようとしている陸。

葵海は慌てて、あとを追いかけた。

「ねえ、陸！」

「わり」

「まだなにも言ってないでしょ」

「どうせ、留学の買い物、つきあえとか言うんだろ？　おまえの言うことくらい、読めんだよ。でも、俺、忙しーの」

「女だろ～」

鉄太が冗談めかして言った。

「さーね」

陸はふっと笑って、部室を出ていく。

葵海は思う。

全部、知ってるとおりだ。

「はぁ、ほんと相変わらず嫌みなくらい完璧なヤツね」

里奈が心底感心した様子でつぶやいた。

鉄太もため息をついて、葵海に尋ねる。

「ねえ、葵海ちゃん、あいつのすげーダサいとこ、教えてよ。ひとつくらい弱点あるでしょ？　全力で走ると――」

「かっこ悪いとかね。って、ごめん、ちょっと待って！　はい、ストーップ!!」

鉄太の発言を先まわりして話して、葵海はみんなに叫んだ。

みんなの顔に「？」が浮かぶ。

「私、これ、見たことある。全部見た、全部聞いた！」

「葵海ちゃん？」

葵海のおかしな発言に、さすがに直哉もきょとんとする。

「みんなの会話も、シンバル落ちるのも、ぜーんぶ一緒！」

「あんたまだ寝ぼけてるんじゃないの？」

里奈が葵海の瞳をまじまじと見つめてくる。

「ちがうって」

「あっ、わかった。デジャヴってやつだ」

鉄太が声をあげると、直哉が同調する。

「お〜、あるある！　俺もさ、さっき牛丼食ってたら、あれ、この感じ、なんか知ってるって」

「それはおまえ、昨日も牛丼食ってたからだろ」

「ちがうの。そういうんじゃない！」

いつものアホアホな会話に突入していきそうな空気を感じて、葵海がさえぎった。

でも、直哉は気づかず、うんうん、とうなずいている。

「そうだよ。ちがうんだよ。あと俺、いつも同じコードで間違えるしさ」

「それはただの練習不足だろ……」

鉄太が呆れた顔をした。

葵海はなんとか説明しようとする。

でも、「ほんとにリアルに見たの！　それでこのあと――」というところまで話して、あとがつづかなくなった。

「このあと？」

里奈と直哉が同時に聞きかえしてきた。

「…………」

葵海は直哉に視線をむけながら、固まってしまう。

「え、なに？　俺？」

「直哉がどうしたの？」

直哉と里奈に詰めよられて、葵海はなにも言えなくなった。

「……ううん。なんでもないよ……」

直哉が回転寿司屋さんで私に告白してくるなんて……。

そんなの里奈の前で言えるわけがなかった。


7月26日、夏休みの最初の朝。

葵海は、自宅の部屋で目覚まし時計が鳴るのを見つめていた。

思ったとおりのタイミングで、母の圭子がやってきて言う。

「葵海！　いい加減、起きなさーい」

「起きてる！　わかってる！　散らかしてるのを片付ける！　留学の準備もするし、買い物もする！」

「まだ、なにも言ってないでしょ」

「お母さんの言うことくらい、読めるの！　それとね、下でシャケ焦げてるよ」

「え？」

圭子は匂いをかいだ。

「やだ！　ほんとだ。祐斗！　火止めてー！」

ドタバタと一階におりていく圭子を見送って、葵海は、うーんと唸った。

「……ほんと、どうなっちゃってるんだろう……」

今日は、みんなと俊太郎のカフェのそばで瀬戸フェス用の看板をつくる日だ。

葵海は、知っている道をたどるように、知っている日々をもう一度過ごしていた。

確か、このあと私は、里奈と恋バナするんだ。

私は里奈の気持ちに気づいてあげられてなくて、自分のことばっかり話してた。

自分の最低さを思い起こして、葵海はまた落ちこみそうになった。

でも、もう一度やり直せるなら……！

「（……っていうか、あんたは、このまんまでいいの？　陸と）」

看板にペンキを塗りながら里奈がそっと囁いてきた。

「留学したら、一年も会えなくなるんだよ？　ただの幼なじみで過ごす夏休みと、彼氏彼女で過ごす夏休みは――」

「…………」

そのとき、葵海は、思いきって切りだした。

「里奈、直哉のこと、好き？」

「はあ!?」

すっとんきょうな声をあげて、里奈は固まった。

「ほんとは好きなんでしょ？　直哉のこと」

「はあああ!?　誰があんな単細胞！　もう、なんなのいきなり」

あわあわとしている里奈に、葵海は真剣な表情でむきあう。

「ねえ、里奈。もし、もしね、このまま私が見た夢のとおりになっちゃったら……」

「え、え、なに？　話変えるの早過ぎなんだけど」

「私……死んじゃうかも」

「…………」

里奈は、葵海の両ほおを両手でピタッと挟んで「めっ」とたしなめる感じで見つめる。

「あるわけないでしょ！　教授の話がつまんな過ぎて、変な夢を見ただけ。絶対大丈夫！　ね！」

里奈に見つめられて、葵海の表情が、ふにゃっとゆるんだ。

心の中でふくらんだ不安が少しずつ溶けて、涙となって浮かんでくる。

「……里奈ぁ」

「んー？」

「ほんとにほんとに、ごめん！」

「へっ？」

「いつも至らないところばかりで申し訳ございません！」

「な、なにが」

「でも、友だちでいてー！　見捨てないでー！」

葵海は、刷毛を持ったまま、里奈に抱きついた。

「えーっ！　ちょっと、ペンキついちゃうって！」

「里奈〜。ああ、ごめん、里奈〜」

「わ、わかった！　見捨てないから！」

ぎゅっとくっついてくる葵海を里奈はなだめた。

陸の声が響いたのは、そのときだった。

「なにやってんだよ、汚れるだろ」

いつの間にか傍にいて、すいっと看板を手にとった。

そこへ直哉と鉄太も近づいてくる。

「すげ〜！　里奈、いい感じにできてるじゃん」

直哉が言うと、里奈はうれしそうに笑った。

「ほんと？」

「ところで、今、きゃあきゃあ言ってたのって、なんの話？」

「え？　……あ！」

葵海はこれから起こることを思いだして、はっとしてかけだした。

次の瞬間――

ババババ、ブシャ――――ッ！

地面から水しぶきが上がる。

「なに!?」

「うわっ」

「ぎゃー！」

ずぶ濡れになって、大パニックの里奈、直哉、鉄太。

でも、葵海は間一髪でよけて、少しも濡れていない。

そして、そんな葵海の姿を、陸は信じられないというような表情で見つめていた。

「……葵海、おまえ、今、なんでよけられた？」

「……だって、一週間前にも同じことがあったんだもん……」

陸の問いに、葵海は素直に答えた。

おかしなことを言ってるのはわかってるけど、そうとしか説明できなかった。

それを聞いて黙りこむ陸。

わかってもらいたくて、葵海はつづけた。

「夢じゃない！　本当にあったの！　繰りかえしてるの！　同じ時間を！」

必死すぎるその声にびっくりして、里奈、直哉、鉄太は固まった。

でも、陸だけは「あっはっはっは」と、らしくないほど思いっきり笑いだした。

「……もういいっ」

悲しくなって、葵海はその場から立ち去った。


葵海の足は、自然と海の見える高台にむかっていた。

なにかあると、いつもここにきてしまう。

小さなころ、陸がギターを弾いてくれた場所。

悲しくて寂しくて、今にも涙がこぼれそうだった葵海を、陸が救ってくれた場所。

ぽつんとベンチに座って海を見つめていると、頭にふわっと大きな手が置かれた。

陸だ。

葵海は心があたたかくなるのを感じながら、落ち着いた声で話した。

「……嘘じゃないの。本当に見たの」

「うん」

葵海の隣に座りながら、陸は優しく頷いた。

それから、少し厳しい口調で言う。

「後先考えろよ、バカ」

「え？」

「飛びだしたりするから」

「…………」

「でも、おまえは死なせない。大丈夫」

「陸……？」

陸の言葉に、葵海は混乱する。

「なんで知ってるの……？」

「……俺も……俺も繰りかえしてるんだ、あのライブの日から」

目を丸くする葵海に、陸はそっと告げた。

「秘密を教えるよ」


陸は自分の部屋に葵海を連れてきて、押し入れの中にあるレコードプレーヤーを見せた。

そして、言う。

「……俺、ずるしてたんだ。子どものころからずっと」

「ずる？」

「時間をもどせるんだ」

レコードプレーヤーの上にあるレコードを見て、陸がつぶやく。

それは十四年前から始まっていた。

六歳の陸は、俊太郎のカフェの棚の奥から、一枚のレコードを引っ張りだした。

ジャケットになにも描かれていない不思議なレコードだった。

まるで本屋さんで不思議な本を見つける『はてしない物語』の主人公のように、陸はそのレコードに心ひかれた。

なんだか、世界の秘密がそこに隠されているような気がしたのだ。

陸の様子に気づいて、俊太郎が微笑んだ。

「見つかっちゃったか。これはな、ちょっと特別なレコードだから、取り扱いには注意が必要なんだ」

「とくべつ？」

「そう、これは人生のレコード。刻まれているのは、かける人間の時間そのもの」

「…………？」

「レコードに針を置いたところから、もう一度、人生をやり直せるんだ」

俊太郎は、プレーヤーにレコードを置きながら、陸に教えてくれた。

陸はキラキラと目を輝かせて、おとぎ話のような俊太郎の説明を聞いたのだという。

「……でも、まさか、そんなこと……」

葵海は信じられないという風にレコードを見つめた。

「俺も今なら思うよ。このオッサン、なに言ってんだって。でも、そのときは信じた」

「それで？」

葵海が問いかけると、陸は葵海のうしろから手をのばした。

背中からつつみこむようにして、葵海の手をとる。

「持って」

葵海にプレーヤーの針の頭を持つように言うと、葵海の手をとったまま、針をセットした。

目の前でまわりはじめるレコード。

プツ……プツ……とレコードのノイズ音が聞こえて――

特別なレコード

『マイスター・ホラは、心は時間を感じるためのものだと――』
――この声は……教授っ！
いい加減、もうわかる。
ここは大学の教室で。
今は『モモ』がテーマの授業中で。
となりには里奈が座っていて。
もうすぐ教授が近くにくる……！
ガタッ!!
葵海は、突然席を立った。
「え、なに!?」

里奈がぎょっとして、ほかの学生たちも振りかえっている。

葵海は気にせず、教室を走りでていった。

陸！


葵海は構内の回廊を走っていた。

目指しているのは、理工学部のエリア。

でも、たどり着く前に、むこうから陸もやってきた。

得意げな笑みだ。

「言っただろ？　時間をもどせるって」

「嘘みたい！」

葵海と陸は、ふたりだけの秘密にドキドキする子どものように、胸が高鳴っていた。

でも、やっぱり、なにが起こってるのかは、よくわからない……。

「えっと……じゃあ、陸と私、一緒にもどってきたってこと？　あのライブの日から」

「うん」

「でも、事故のとき、私、レコードかけてないよね？」

「俺もかけてない。気づいたときには、一週間前にもどってた。今までこんなこと一度もなかった……」

「…………」

「でも、やっと運命を変えられたんだ。だから葵海はもう死なない。絶対に！」

最近のクールな陸はどこにいったんだろう？　というくらいに陸は熱く語った。

葵海はレコードに針を置く前に陸が言っていたことを、あらためて聞きかえす。

「……じゃあ、ずっとずるしてたって、どういうこと？」

「覚えてる？　はじめて葵海にギターを弾いてやったときのこと」

もちろん、覚えていた。

海の見える高台でのことだ。

「私の誕生日だった日のことでしょう？　十四年前の……」

「うん。俺さ、あのとき、ほんとはギター弾けなかったんだ」

「え……？」

それから陸は葵海に、これまでのすべてを打ち明けた。

side RIKU

六歳のあのころから僕は、俊太郎叔父さんのカフェが大好きだった。

古いレコードがたくさんあって、僕にはそれが宝の地図みたいに思えた。

レコードをプレーヤーにかけると、テレビやCDから聞こえてくるのとはなんだかちがうあたたかな音が響いて、曲となって、いつも僕を知らない世界へと連れていってくれる。

僕のお父さんは学者で、いつも研究に没頭していた。

お母さんも、お父さんの身のまわりの世話で忙しそうだった。

だから、僕はいつも叔父さんのカフェに入りびたって、レコードを聞きながら、本を読んで過ごしていた。

そんなときに出会ったのが、近所に引っ越してきた同い年の女の子、葵海だった。

ある日、葵海はひとりで一枚のレコードを抱えて、叔父さんを訪ねてきた。

そのレコードは割れてしまっていて、どうやらそれを叔父さんに直してもらえないかと思いついたみたいだった。

叔父さんは、そっとレコードを手にとって、微笑んだ。

「なつかしいね。『夢で逢えたら』のレコードだ。いいねえ」

「……パパの持ってたレコードなの。もういないけど……」

葵海と叔父さんのやりとりが、僕にはとても気になった。

だって、葵海があんまり悲しそうだったから。

僕は読んでいた児童文学の本の陰から、ちらちらと葵海の様子をうかがった。

「そっか……直してあげたいんだけど、これはむずかしいなあ……」

叔父さんはレコードを葵海に返した。

「ごめんね」

「ううん、いいの」

葵海は、しょんぼりして、カフェをあとにした。

それから、僕の心は、葵海のことでいっぱいになった。

葵海の悲しみを吹き飛ばしたい。笑顔にさせたい。

そんな風に思った。

僕は、俊太郎叔父さんの持っている特別なレコードのことを思いだした。

叔父さんは『レコードに針を置いたところから、もう一度、人生をやり直せる』と言っていた。

だから、僕は、こっそり特別なレコードをかけた。

プツ……プツ……とレコードのノイズ音が聞こえて——

気がつくと、カフェのカウンターにある日めくりカレンダーの日付が7月31日から30日にもどっていた。

僕が目を見ひらいていると、叔父さんが声をかけてくる。

「おとなりの葵海ちゃん、明日、誕生日なんだって！　葵海ちゃんのお母さんがケーキを食べにおいでって言ってたよ」

その叔父さんの言葉は、昨日叔父さんから聞いた言葉と同じだった。

やった！　本当に昨日にもどってこられたんだ！

僕は胸の前で小さくガッツポーズをきめて、叔父さんにいきなりお願いをした。

「叔父さん！　ギター教えてよ！」

「えっ、なんだよ、いきなり」

おどろく叔父さんにかまわず、僕は詰めよった。

割れてしまった葵海のレコードに入っていた曲を、弾けるようになりたいと思ったのだ。

「教えて！」

それから叔父さんはギターを教えてくれた。

でも、いくら丁寧に教えてもらっても、急に弾けるようになるわけがない。

弦を弾いてみても、バラバラとした音が散らばるだけだった。

手が小さくて弦に届かないし、ちっとも弾けるようになる気がしない。

くやしそうにしていると、叔父さんが優しく微笑む。

「まあまあ、最初は誰でもそんなもんだよ」

早く弾けるようになりたい。

早く葵海に聴かせたい。

そのためにはたくさん練習しなくっちゃ。

もっとギターを習いたい！

そう思ったけれど、お店にお客さんがきて、叔父さんはカウンターの中にもどっていった。

だから、僕は、またレコードをかけて少しだけ時間をもどした。

「叔父さん！　ギター教えてよ！」

「えっ、なんだよ、いきなり」

おどろく叔父さんにかまわず、僕は詰めよった。

「教えて！」

僕は、何度も時間をもどして、ギターの練習を重ねた。

叔父さんからの評価もその度に上がっていく。

「おっ、飲みこみ早いな！」と言ったり。

「はじめてにしては、かなりセンスあるんじゃないか？」と言ったり。

そして、あるとき、叔父さんが気づく。

「もしかしておまえ、天才!?　はじめてのギターでここまで弾けるとは……って、んん？

ちょっと待てよ……」

僕は、とぼけるような表情で目をそらした。

叔父さんは「謎は解けたぞ」とでも言いそうな顔で笑った。

「ははーん。そういうことか」


7月30日を何度も過ごして、僕は7月31日を迎えた。

俊太郎叔父さんのところに割れたレコードをもってきた葵海は、やっぱり今回もしょんぼり肩を落として、カフェをあとにした。

そこで僕も急いでギターを抱えて、追いかけた。

外に出ると、葵海は海の見える高台のほうへむかっていた。

なんて声をかけよう？

ドキドキしながら同じ道すじをたどっていくと、葵海は高台にあるベンチにぽつんと座っていた。

葵海の背中越しに、とてもきれいな空と海が広がっている。

けれど、うつむいている葵海には、きっとなにも見えていないだろう。

空と海がつながるキャンバスの真ん中で、小さな肩がふるえていた。

その姿を見た瞬間、さっきまでのドキドキが消えた。

それより、とにかく葵海を泣かせちゃいけないんだって思った。

次の瞬間、僕は、葵海に声をかけていた。

「俺、そのレコード直せる」

「え？」

葵海が僕の声におどろいて、顔をあげた。

その顔がぴょんと耳を立てたうさぎみたいにかわいくて、思わずほおが緩んだ。

「ねえ、そのレコードに、この針を置いてみて」

僕は葵海に、細い木の枝を渡しながら言った。

葵海は「？」という顔をしながらも、割れたレコードに針に見立てた枝をおろした。

僕は、ギターを弾きながら『夢で逢えたら』を歌った。

「夢で逢えたらいいな、逢えるまで眠りつづけたいな」っていう歌だ。

僕は、とにかく一生懸命歌った。

すると、はじめはぽかんとしていた葵海の瞳に、みるみる大きな涙のつぶが浮かんで、こぼれた。

あ……。

僕は内心とても戸惑った。

女の子が泣いているとき、どうしたらいいかなんてわからなかった。

だから、とにかく想いを伝えた。

「泣くな。おまえの誕生日は、100歳まで俺が祝ってやる」

葵海は、涙を流しながら、ふにゃっと笑ってくれた。

僕は、心の底からうれしくなった。

これが僕と特別なレコードがめぐる、時間の旅のはじまりだ。


高校生のときには、こんなこともあった。

葵海の誕生日に特別なものを贈りたくて、俊太郎叔父さんに相談したとき。

「いや、あるけどね。そういうの、あるけどね。でも、葵海ちゃんの誕生日って今週だろ？　さすがに今年は無理だな、間にあわない」

そう言われて、僕はまた、時間をもどした。

行き先は、一ヶ月前。

同じように叔父さんに相談してみた。

「いや、あるけどね。そういうの、あるけどね。えーと、葵海ちゃんの誕生日まであとひと月か。ギリギリつくれるんじゃないかな」

僕はそこから一ヶ月、奮闘した。

チョコレートを湯煎で溶かして、練って、型に流しこんで……。

成功するまで何度もトライして完成したのは、チョコレートでできたレコード。

7月31日、葵海の誕生日に「HAPPY BIRTHDAY 16」とだけ書いたレコードジャケットに入れて渡した。

「はい」

「ありがとー!」

葵海はにこにこしながら、さっそくレコードをとりだした。

「うっわ〜! いい匂い、これってチョコレート!?」

「うん、好きだろ?」

僕は、さらっと言ってみせた。

「好き! いただきまーす!」

「あーっ!」

止めようとした僕の声は間にあわず、葵海は太陽のような笑顔のまま、チョコレートにかじりついた。

　バリッ。

「う〜ん、おいしい！」

　喜んでくれてうれしいけれど、ちがうんだ……。

　僕は、また時間をもどした。

　今度の行き先はほんの少しだけ前、葵海にプレゼントを渡すところだ。


「うっわ〜！　いい匂い、これってチョコレート!?」

「うん、好きだろ？　でも、待って。ちょっと貸して」

　僕はそっと葵海の手からレコードをとりあげて、プレーヤーにセットした。

　針を落とすと、ギターの音が聞こえてくる。

「え、うそ……」

葵海が目を丸くした。

スピーカーから俊太郎叔父さんの歌声も流れだす。

『♪ハッピーバースデー、葵ちゃん』

「え？　え？　これって俊太郎さんの声？　で、ギターは陸？　すごーい！」

感激してくれる葵海の声が、気持ち良かった。

僕は格好つけてこんな風に答えた。

「ま、暇つぶしにつくってみた」

「え〜、来年もこれがいいな〜。再来年も！　その次も！」

葵海は、レコードを手にとってキラキラとした瞳で見つめた。

僕は、得意になって説明を始める。

「ちなみにそれ、十二回までは聞けて……」

でも、葵海はちっとも人の話を聞かずにレコードにかじりついたんだ。

「では、いっただっきま〜す！」

「あーっ！」

バリッ。

「う～ん、おいしい！」

あ～あ。

でも、これも葵海らしいか……。

僕は、遠慮のかけらもなくバリバリとレコードにかじりついている葵海の姿が微笑ましくて、目を細めた。


葵海と陸は、海岸沿いを歩いていた。

波の音をＢＧＭに、陸がぽつぽつと話す。

信じられないような話で、葵海にとってはおどろくことばかりだったけれど、その不思議さよりも陸が自分のためにしてくれていたことがうれしくて、ドキドキしていた。

こんなに幸せな答え合わせだったら、いつまでもしていたい。

「ねえねえ、ほかには？」

葵海は、しっぽをふる子犬のような人懐っこさで、陸の顔をのぞきこんだ。

「あと……直哉と鉄太くん、サークルの新入生歓迎会で席一緒になっただろ？」

「うん。ベースとドラムやってるって聞いて、うわ！　もうメンバー揃っちゃった！　って思ったんだよね。……って、まさかあの偶然も？」

「先に探しといたんだ」

葵海は、目をまんまるにするだけじゃなくて、口もあんぐりとあけた。

「あ、あとは？」

「……あー、あの俺が最初につくった曲」

「うんうん。一晩で書きあげたんだよね」

「いや、三ヶ月はかかってる」

「え！」

「曲なんて、つくったことなかったし」

さらっと陸が言う。

いやいやいやいや。

クールに言ってる場合じゃないよ。

葵海は陸につっこみを入れた。

「んー……あのさ、陸、ひと言言っていい？　いっつも余裕の顔して『読めんだよ』ってさー。当たり前じゃん！」

「だから、ずるしてたって言っただろ！」

「言ったけどさ」

陸は子どもみたいにチェッというような顔をした。

「……おまえの前で、かっこつけたかったから……」

とても素直に話す陸。

かわいらしい陸を見て、葵海は心に浮かんだ疑問をそのまま口に出した。

「……ねえ、もしかして陸って……私のこと、好きなの？」

それを聞いて、陸は「はあ？」という顔をした。

「……今さら、それ、聞く？」

葵海の中に、むくむくと幸せな気持ちがふくらんでいった。

羽が生えたみたいに足どりが軽くなって、数段の階段をのぼって海沿いの堤防の上にぴょんと飛び乗った。

「ふーん、そうなんだ、ふーん」

「なんだよ」

陸が恥ずかしそうにする。

「あれ？　でも、こないだ直哉とうまくやれって言った！」

陸の言動を思いだして、葵海が叫んだ。

「……言ったっけ？」

「え？」

「夢じゃね？」

え？　え？　それは夢なの？

葵海は混乱した。

堤防の上で立ち止まって、不安そうにしている。

陸はそんな葵海を堤防の下から見あげて、しっかり見つめて、告げた。

「……好きだよ。おまえのことが。最初に会ったときから」

そのとき、ふわっと優しい風がふいた気がした。

葵海はドキドキする心をぶちまけるみたいに叫ぶ。

「あ――――っ！　もう、損したっ！」

「は？」

「だって、私、来月留学しちゃうんだよ？　そしたら一年も会えないんだよ？　陸、大学に入ってからは勉強ばっかりだったでしょ。でも、私、ほんとはふたりでしたいこと、いっぱいあった！　こんなことなら早く言っておけば良かった！」

わあわあと葵海がまくしたてた。

そこで笑いをこらえているような、むずむずとした表情をした陸が尋ねる。

「……あのさ、もしかして葵海って、俺のこと好きなの？」

葵海はさっきの陸と同じように「はあ？」という顔をした。

「……今さら、それ、聞く？」

それを聞いて、陸は、幸せそうに笑った。

堤防の上からおりようとして葵海がしゃがむと、陸が手をのばしてくる。

「ほら」

葵海は、迷わず陸の腕の中に飛びこんだ。

ハグをして、それから見つめあうふたり。

「やり直そうか。たとえば……去年の夏から、とか」

「うん」

陸の提案に葵海がうなずく。

ふたりは、そっと手をつないで、かけだした。

ふたりでやり直そう

プツ……プツ……というレコードのノイズ音が響いた。

葵海と陸がもどってきたのは、一年前の夏のお祭り。

浴衣姿のふたりは、神社で手をつないだまま歩いていた。

そこへ待ち合わせをしていた直哉、鉄太、里奈がやってくる。

はっとして思わず手を放す葵海。

でも、陸はその手をとりなおして、葵海と一緒に堂々とみんなのもとへむかった。

「うっす」

陸がみんなに挨拶をする。

葵海もちょっとほおを染めて、陸の隣ではにかんだ。

「……えっ、ふたりって、いつから……？」

直哉があわあわとして言った。

鉄太と里奈は、そんな直哉の背中をぽんぽんとなだめるようにたたいた。


それから葵海と陸は、おなかがぺこぺこの子どものように、幸せな日々をむしゃむしゃと味わった。

ふたりで自転車で走っているだけでワクワクして、どこまでも行けそうな気持ちになる。

「じゃあ、上まで競争ね！　で、負けた方がアイスおごること！」

海沿いの坂道を走りながら、いきなり葵海が言いだす。

「あ、ずりっ！　ちょっ待って！」

先にペダルを踏みこんだ葵海を、陸が必死に追いかける。

でも、先に上に着いたのは葵海だった。

「いえーい！　私の勝ちっ！」

葵海が振りかえると、息を切らした陸がようやくゴール。

「そっちのフライングだろっ」

葵海は、楽しくなって大笑いした。

「陸って、ずるしてないと、かっこ悪い！」


またある日には砂浜で、みんなでビーチバレーをした。

葵海と陸がつきあいはじめても、五人でいるときのみんなの仲の良さは、なにも変わらなかった。

むしろ、陸がクールに振る舞わなくなった分、男子たちは小学生のように悪ふざけをするようにもなった。

直哉がボールを追いかけて、海にダイブする。

ゲラゲラと笑う陸。

すると、その陸を直哉が海に引きずりこむ。

びしょ濡れになった陸は「うおーっ」と雄叫びをあげて、直哉と一緒に今度は鉄太を狙う。

逃げる鉄太に、追う陸と直哉。

それを見て、葵海と里奈は「あーあ、なにやってんだか」と言いながら、大笑いした。

瞬間、瞬間がキラキラと目がくらむくらい眩しいのは、夏の強い陽ざしのせいだけじゃなかった。

海から出て、Tシャツを脱いで絞る陸と直哉。

葵海は陸に、里奈は直哉にふわふわのタオルをかけてあげている。

そんな様子を「おやおや、青春だねえ」という視線で、鉄太は見つめていた。


楽しい日々に、葵海の歌詞のメモが山のようにたまっていった。

秋になってもそのきらめきはつづいて、今度は海辺でみんなで夜空を眺めた。

葵海と里奈はふたりで、きゃっきゃしながら毛布にくるまっている。

そのとき直哉がいきなり空を指さす。

「あっ、UFO！」

「え？」

「ほら、あっち移動した！」

「え、どこどこ」

「見えねーって！」

「鉄太くん、ほら、あそこ！」

直哉が指をさしたまま、砂浜を走りだす。

里奈と鉄太も、わーわー言いながらついていく。

そこに葵海もつづこうとした。

でも、ぐいっと陸に腕を掴まれる。

「……わっ」

よろめいた葵海は、陸の胸に体をあずける体勢になった。

陸はそのままふわっと葵海を抱きしめて、毛布にくるまる。

きゅんとするほど、あったかい。

ふたりは、くっつきながらいたずらっぽい笑顔で見つめあう。

それから、そのまま寝転がって、ふたりきりで星を見つめた。

葵海と陸はお互いに、こうしてふたりでいることが、とても自然なことに感じられていた。

小さなころからずっと近くにいる存在だけど、もっともっと一緒にいたいと思った。


その日、葵海は、大学の図書館の児童文学の棚を見ていた。

傍らには陸もいる。学部がちがうから読む本はちがうけれど、べつべつの本を同じ空間で読む時間も心地良いものだった。

葵海は、目当ての本を見つけて、大きな脚立にのって、上の棚に手をのばす。

けれど、欲しい本に手が届かない。

もう少し！

高いところで、さらに一生懸命背伸びをする葵海。

その姿は微笑ましいけれど、とても危なっかしい。

陸は同じ脚立にのぼって、むかい側からすっと葵海の欲しい本をとって渡した。

「あのさ、葵海。おまえがどれだけ先走って、転びそうになっても、俺がもっと先にいて、おまえのこと守るから」

陸の言葉に葵海が「え？」となる。

そんな葵海のくちびるに、陸はそっとキスをした。

それは、とても優しいキスだった。

冬になり、クリスマスがきた。

俊太郎のカフェもクリスマスの飾りつけがされていて、いつもの場所なのになんだかデートしている気分になる。

そんな風に楽しみながら、葵海は陸と一緒にカフェのテラス席でホットココアを飲んでいた。

「寒いね」

「うん」

「葵海、大丈夫？」

「うん」

長年連れ添った夫婦みたいに、ふたりは身をよせあってゆったりと言葉を交わす。

目の前に広がっているのは、深い群青色の空と海。

そこにひらひらと白いものが落ちてくる。

「あ、雪」

葵海は、雪に彩られた夜空に目を奪われた。

ホワイトクリスマスに夢中の葵海……。

その隙にうしろから手をのばして、陸は葵海の首にネックレスをつけた。

「え……ありがとう」

葵海はそっと、愛おしそうにネックレスに触れた。

「うん」

陸はぎゅっと、そのまま葵海を背中から抱きしめた。

こんなに幸せなことって、この世界にあるんだね。

キーンとはりつめた冬の空気の中で、葵海は陸の体温を感じて、しみじみと思った。


春がきた。

葵海は部室のすみで、新入生歓迎ライブのチラシの端に歌詞のメモを書きこんでいた。

去年の夏から陸と過ごしてきて、どれだけの歌詞がたまっただろう？

同じ景色でも、ふたりで見ると、そこに新しい光が見えてくる。

だから、今まで知らなかった想いも、どんどん中から溢れてくる。

そんな葵海の隣で、陸は葵海の留学の資料を見ていた。

「留学、やっぱりするんだ」

「さみしい？」

「……よく英語もしゃべれないのに、翻訳家になりたいとか言いだすよな」

「言葉なんて、むこうに行ったら、なんとかなるでしょ！」

「また後先考えずに……」

「だって、明日のことは、明日悩めばいいでしょ」

「え？」

「今日は今日をとことん楽しまなきゃ」

陸は、歌詞をつづりながらうれしそうに話す葵海を、愛おしそうに見つめた。

「……うん。そうだな」

「ねえ、陸の夢は？　高校まで文系だったのに、大学でいきなり進路変えちゃうんだもん。

どうして？　宇宙飛行士になりたいとか？」

明るい口調で問いかける葵海。

でも、陸は答えられなかった。

「……さあ、忘れた」

「なんで忘れちゃうのよ」

「きっと叶うよ。葵海の夢」

「だといいな。……じゃあ、さみしくても泣かないでね？」

「……泣く」

「ええっ。泣いちゃうの？」

「うん」

あどけない表情で陸は頷いた。

「泣かないで～」

葵海は、陸の頭をわしゃわしゃとなでた。

それからふたりは、目を合わせて笑った。

直哉と鉄太と里奈は、回転寿司を食べにきていた。

彼氏彼女がいない三人は、少しの色気もなく寿司をほおばりつづける。

「はぁー、なんで俺には彼女ができないんだ」

大きなため息を直哉がつくと、鉄太が言う。

「いや、おまえだって、その顔面偏差値なら、理論上は超絶モテてもおかしくない」

その言葉に、直哉は素直にテレた。

「いやあ、そんなあ。……って、じゃあ、なんで？　陸と比べて、俺になにが足りないっていうの？」

「男としての余裕じゃね？」

「はぁ、わかるわぁ、余裕かぁ～」

直哉はちょっと大げさに肩を落とした。

こういう軽口をたたけるようになったのも、葵海への失恋のショックが直哉の中でだいぶ薄れてきたからだった。

でも、そのとき突然、里奈が大声をあげた。

「そんなことない！」

「え？」

おどろいて里奈を見る直哉と鉄太。

「確かに、直哉は、余裕はないかもしれないけど。まっすぐだし、純粋だし、天然だけどいいヤツだから友だちいっぱいいるし」

直哉は、里奈が自分のことを褒めてくれているのに気づいて固まった。

それに気づかず、里奈はつづける。

「顔だって！　私は陸より断然、直哉の方が――」

そこまで言って、はっと口をおさえる里奈。

直哉はびっくりして顔を赤らめている。

里奈はどうしていいかわからなくなって「……じゅ、授業あるから……っ」と言って席を立った。

そんな里奈に、直哉も「おう、頑張れよ。里奈、授業、超頑張れよー！」と、わけのわからない声をかける。

鉄太は、そんなふたりのやりとりを見て、あくびをしながら解説した。

「なるほど、ノーマークからの急浮上パターンってやつだな」

図星をつかれた直哉は、珍しく鉄太をパシッとこづいた。


そして、また、あの夏が近づいてくる。

葵海が二十一歳の誕生日を迎える夏だ。

葵海と陸、直哉に鉄太に里奈は、サークルの部室に集まっていた。

瀬戸フェスにむけての練習を重ねて一息つくと、葵海はふとつぶやいた。

「みんなでやる、最後のライブかあ」

「葵海ちゃん、留学しちゃうしな」

直哉が言うと、里奈が話を広げる。

「鉄太、留年して待っててあげたら〜？」

「それは直哉のほうが断然見込みあるぞ」

鉄太が冗談っぽく言うと、直哉はなにを言われているのかわからない、といった顔をした。

「なんで？」

最後のライブに想いを馳せる葵海は、話をつづけた。

「なんか、もっと盛りあげられないかな？　終わりにバーンって大きな花火があがるとかさ！」

「いや、無理、無理、無理」

直哉と鉄太が首を思いっきり振った。

「なんでよ、だってほら、どうせ花火やるんだし、たのめば一発くらい……」

「いや、無理！」

「わかんないっしょ！」

そんなやりとりを、陸は少し不安そうに見つめていた。


瀬戸フェスの日がやってきた。

会場は海沿いのヨットハーバー。開場を前に、大勢のスタッフが走りまわっている。

里奈がステージ前へ椅子を運んでいると、花火師がフェスの担当者と打ち合わせをしているのが聞こえた。

「よし、8時になった瞬間、あの対岸からバババババーンと打ちあげるからな！」

毎年担当している花火師のおじさんに、里奈が威勢良く声をかける。

「おっちゃーん！　今年も花火、楽しみにしてるね！」

「おう！　任せとけ！」

開場すると、地元の人たちを中心にたくさんの人たちが集まってくる。

若者だけじゃなく、子どもも大人も、みんな楽しそうに過ごしている。

その中には、葵海の母の圭子、弟の祐斗、俊太郎の姿もある。

「うわっ、あっつ！」

こっそり彼女ときている祐斗は、出店で買ったたこ焼きを勢いよく食べて、むせている。

そうして、イベントステージで葵海たちのバンド、ストロボスコープのライブが始まった。

大盛りあがりのまま演奏を終え、葵海は向日葵のような笑顔でパフォーマンスを締めくくった。

「ありがとー！」


舞台裏にはけると、みんな晴れ晴れとした顔でハイタッチしあった。

スタッフの里奈も加わって、おつかれさまの乾杯の準備をする。

そして、ビールをかかげて、葵海と里奈と鉄太は声を合わせた。

「かんぱ〜い！」

でも、ふと見ると、直哉はすでにごくごくとビールを飲み干していた。

「あっ、直哉っ！」

「ちょっと、なんで先に飲んじゃうの！」

「おいおいっ」

みんなにつっこまれながらも、直哉は止まらない。

さらに陸の分のビールまで手にとって言う。

「かんぱ〜い！」

「陸っ！　直哉に飲まれちゃうよ！」

直哉のはっちゃけぶりにケラケラ笑いながら、葵海は陸を振りかえった。

陸は少しはなれた席でギターの手入れをしている。

葵海の笑顔に、陸も優しい笑顔を返す。

イベントの司会をしていた男性が陸に声をかけてきたのは、そのときだった。

「ねえ、きみ！　ギターすごいうまいじゃない。すごいよかったよ！」

「あ、どうも……」

「俺もね、昔、バンドやってたんだけど、フォーマイルスって知ってる？」

「えっと……」

「あ、俺のバンドなんだけど、あれ？　マジ知らない？」

「わかんないっすね」

「あれー、瀬戸内のビートルズって言われてたんだけど。まあ、とにかくやっぱ、やってた俺から見たらちがいがわかるわけよ。きみのギター、すごいよかった」

男性の話を聞きながら、ふと葵海の方を見ると、いつの間にか葵海の姿がなかった。

陸は、一気に青ざめた。

時計を見ると、18時5分。

……なんでッ！

陸は、葵海を探して走りだした。

陸は人ごみをかき分けて、葵海を探した。

葵海！

葵海！

葵海……ッ！

陸は、目の先に人だかりがあるのを見つけた。

そこに救急車が止まっていて……。

街頭の時計の針が「18時10分」すぎを指しているのが見えた。

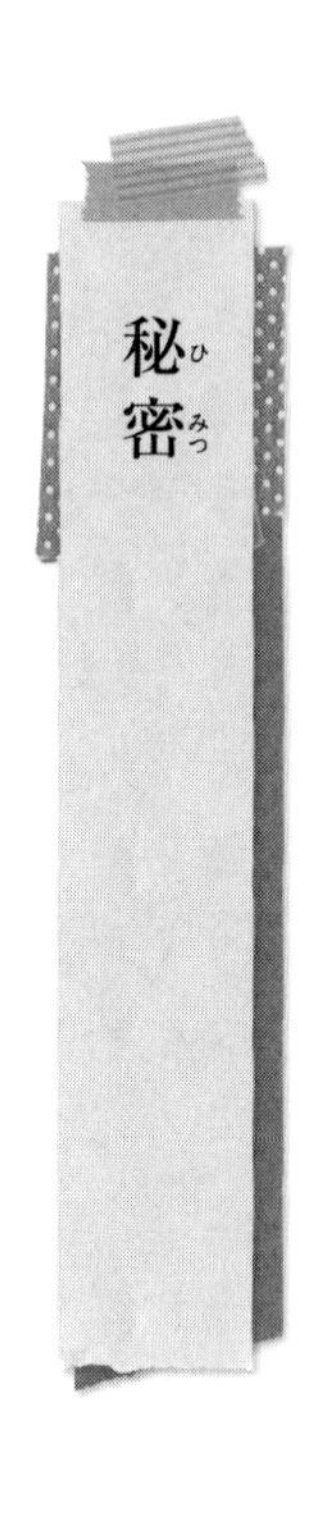

『マイスター・ホラは、心は時間を感じるためのものだと――』

葵海は、居眠りをせず、『モモ』がテーマの授業を聴いていた。

首には陸がクリスマスにくれたネックレス。

時間の旅という秘密を陸と共有してから、葵海にとって時間どろぼうが出てくる『モモ』の物語は、さらに興味深いものになっていた。

「それに対して、モモはこう質問します。『すると、もし、あたしの心臓がいつか鼓動をやめてしまったら――』」

そのとき、ガラッと教室の扉があく音が響いた。

陸が入ってきて、走って葵海のもとにむかってくる。

「え？　え？　どうしたの？　なにかあった？」

葵海が戸惑っていると、陸はなにも言わずに、突然ぎゅっと葵海を抱きしめた。

葵海の隣で、里奈が叫ぶ。

「ちょっと！　なにやってんのよ、バカップル！」

それでも、陸はなにも言わずに、ただただ葵海を抱きしめつづけた。


その日の練習に、陸は姿をあらわさなかった。

葵海は、陸になにかあったのだと思って、考えこんでいた。

「直哉、また同じとこまちがえたでしょ」

里奈がつっこむと、直哉がてへっとする。

「あ、ばれた？　ま、本番までには、間にあわせるから！」

「想像してみろ、おまえの上達ペースを。100パー間にあわない」

鉄太もつっこむと、直哉は陸のことを話した。

「俺より、陸だろ。なんであいつきてねえんだよ」

「連絡は？」

里奈が葵海に問いかけると、葵海は首を振った。

「なんなんだ？　ライブはもうすぐだぞ」

「陸、なんか様子おかしかったよね。さっきも……」

「うん……」

「なにかあったの？」

葵海の記憶の上では、なにもなかった。

でも、なにかあったのかもしれない……。

葵海の中に不安が広がった。

そのあと、葵海と鉄太が二階の廊下を歩いていると、下で大学院生の遥と話している陸が見える。

陸は真剣な様子で、遥に詰めよっているが、遥になにかをことわられているようだった。

鉄太は首をひねった。

「なにしてんだ、あいつ」


夜、葵海は俊太郎のカフェを訪ねた。

もちろん、陸に会いに。

陸と葵海は、テラスのテーブルで新曲づくりを始めた。

葵海は、バッグを逆さにして、バサバサと振った。

中からたくさんの紙切れがあふれて、テーブルの上に散らばる。

思いついた歌詞のフレーズを書きこんだ喫茶店のコースターや、お店のレシートやノートの切れ端。

陸とつきあうようになってから、メモの数は何倍も多くなっていた。

「繰りかえす前の一年より、書くことといっぱいあったんだ」

「うん」

葵海の言葉に、陸が力なく答えた。やっぱり様子がおかしい。

けれど、陸はそっと新しい曲のイントロを弾きはじめた。

葵海がメモした歌詞のかけらをつなげて、陸がハミングでメロディをつくっていく。

歌詞が決定しているところは、葵海がノートに書きこんでいき、それを陸が歌う。

穏やかな歌声だ。

「陸もライブで歌えばいいのに」

葵海と目を合わせないまま、陸は受け流した。

「俺はいーよ」

「また、それだ」

「俺はいーから、葵海がやりたいことやれよ」

「…………」

いつもの陸とはやっぱりちがう。

葵海が考えこむと、陸は演奏を始めた。

歌詞が決定している最後のところまですらすらと歌って、さらにその先を歌いつづけた。

「え……？」

陸が歌ったのは、葵海がまだ誰にも見せていないメモに書いてあるフレーズだった。

「…………」

葵海は言葉を失った。

陸は葵海の様子に気づいて、ギターを弾く手を止めた。

お互い探りあうように、見つめあうふたり。

それから、葵海は、静かに言った。

「……まだ、一度も見せてないよ、この歌詞」

陸は、はっとした。

そして、葵海は核心をつく。

「……ねえ、陸、私に内緒でもどってるの……？」

次の日、陸は大学の図書館にこもっていた。

葵海を助けるためにできること。これまで試していないこと。

すでにありとあらゆることを試してきた陸は、必死になって、辿るべき道を探していた。

そのとき、直哉からスマホにメッセージが届く。

《今すぐ部室にこい！　葵海ちゃんがヤバイ！》

ガタッ！

陸は立ちあがって、かけだした。

息を切らして部室に着くと、そこには直哉と鉄太の姿しかなかった。

直哉が声をあげる。

「やった！　ほらやっぱりきた！」

「きちゃうのかよ！」

鉄太は、おいおいという顔で陸を見た。

「はい、鉄太くん、回らない寿司のおごり決定！」

「まじかよ、くっそ〜」

「は……？」

陸は混乱した。

そこへ葵海と里奈が入ってくる。

葵海に変わった様子はなかった。

「回らない寿司ってなに？　あんたたち、なんか賭けてたの？」

里奈が聞くと、悪びれもせず直哉が答えた。

「え？　陸が部室にくるかどうかって。練習サボるくせに、葵海ちゃんのことで呼びだしたら、ソッコーかけつけてくるんだもん」

「直哉に読まれてどーすんだよ、陸。さ、練習しようぜ」

直哉と鉄太は、いたずら大成功というテンションで笑うと、そのまま練習の準備に入った。

でも、陸は、動かない。

「……陸……」

葵海は、心配そうに見つめた。

「許してやんなよ、これでもふたりとも心配してるんだから」

里奈は、直哉と鉄太をフォローした。

「おまえ、最近なんか、おかしいだろ」

鉄太が陸を案じると、直哉もつづける。

「言えよ、バカ。俺らみんなバカだからさ、おまえの考えてることさっぱりわかんねーけど、なにか抱えてんなら、少しはたよれ！　な？」

直哉は陸に心をひらいて欲しくて、いつもより強い調子で、けれど、さわやかな笑顔で言った。

でも、陸は、表情をこわばらせたまま、立ち去ろうとした。

「……用事あるから」

その態度に、直哉は思わず、陸の肩を掴んだ。

「おい、用事ってなんだよ！　俺たちの最後のライブは、どうでもいいっていうのか？」

「それどころじゃないんだよ」

「……おまえ、それ本気で言ってんのかよ!?」

直哉は、陸の胸ぐらを掴んだ。

それから陸を、間近で睨みつけた。

「そうか、そうだよな。ライブなんてどうでもいーよな！　おまえはいっつも完璧だもんな！　俺らのレベルに合わせるのなんて、つまんねーよな！」

直哉は、陸を突き飛ばした。

陸は、そのまま黙って、部屋を出ていく。

どうして、こんなことになっちゃったの？

ハラハラと見守ることしかできなかった葵海は、くやしくて、悲しかった。


その日の夜も葵海は、俊太郎のカフェを訪ねた。

でも、まだ陸は帰ってきてなかった。

陸の部屋を覗くと、床や机に、今までにも増して素粒子物理学系の本が高く積みあがっていた。

小さなころ、陸も好きだったはずの児童文学やマンガ、小説の本は、部屋のすみにまとめられて、ひもでくくられている。

大学から急に進路を変えた陸……。

もしかしたら、そこになにか自分の知らない事情があるのかもしれない。

葵海は、陸の変化の理由をどうしても知りたくて、次の日、陸の学部で陸を知る人に聞いてみることにした。

陸の学部で陸を知る人――

次の日、葵海は、鉄太に教えてもらった大学院生の遥に会いに行った。

理工学部は夏休みでも研究に没頭している人が多い。

遥も同じで、すぐに見つけることができた。

陸のことを尋ねる葵海に、遥は、率直に答えてくれた。

「彼の質問は、いつも時間に関することばかりよ」

「時間……」

「勉強熱心なのはわかる。でも、最近の陸くんは、やっぱりちょっと急ぎすぎてる。時間の研究というのは、すぐに答えなんか出ない、途方もない分野よ。そんなのわかっているはずなのに、『それでも今じゃなきゃ、意味がない』って言うの」

そして、遥は、逆に葵海に問いかけた。

「まだ二十歳でしょう？　いったい彼は、なにをそんなに必死になっているの？」

時間どろぼう

葵海は、大学の図書館で陸を探した。

きっと今日もこもっているんだろう。

その予想は当たっていて、頭を抱えながらなにかが書きこまれたノートとにらめっこしている陸が、すぐに見つかった。

遠くから見ても、なんだかとても辛そうな顔をしているのがわかる。

陸は、なにかを思いついたのか、ノートを机に置いたまま、書架にむかった。

葵海はそっと陸がいた机に近づいて、置きっ放しのノートを覗いた。

ページの隅から隅まで、びっしりと細かい字が書きこまれていて、それが何ページもつづいているようだった。

その中で、一際目立つのが、赤色のペンで書きこまれている文字だ。

《２０１６年7月31日　18時10分》

葵海は、身に覚えのあるその日時を見て、青ざめた。

ふるえる手で、ページをめくる。

そこには、7月25日から7月31日に至るまでの、何十パターンもの葵海と陸の行動の記録が記されていた。

いつ誰がどんな行動をとって、どういう流れで7月31日に至ったのか。

でも、すべての道すじは《２０１６年7月31日　18時10分》で途切れていた。

それがどういうことなのか、葵海にもわかった。

私は、あのときの一度だけじゃなくて、何度も何度も《２０１６年7月31日　18時10分》に死んじゃってたんだ……。

葵海は呆然として図書館をあとにした。

その夜、葵海の足はまた、俊太郎のカフェへむかっていた。

カフェの店内では、追い詰められた表情の陸がソファーに体をあずけている。

俊太郎が心配して声をかけると、陸は、ぽつりぽつりと語りだす。

「何度も試したんだ。ライブの終わりに葵海をひとりにしないとか。旅行に連れだすとか。どこにも出られないようにとじこめるとか……でも、けっきょく最後はいつも同じになる。たったひとつの事実だけが変えられない」

陸は、すべてのパターンを書き記しているノートをひらいて、赤字で書かれた《2016年7月31日　18時10分》を見つめた。

何度も何度も目の当たりにした《2016年7月31日　18時10分》。

陸にとって、人生でいちばん辛く悲しい瞬間だ。

「どうしても……どうしても……助けられなかった……」

そのとき、葵海は、カフェの外に着いていた。

ドアの外で陸の話を立ち聞きしてしまっていた。

窓越しにふるえる陸の肩が見えて、そして、また声が漏れてきた。

「でも、一度だけ、葵海と一緒にもどれたんだ。レコードに触れてもいないのに、時間がもどった。はじめて運命を変えられたんだ」

なぜか、ふたりで一緒に時間をもどれたその一回が、陸にとっての希望だった。

「だから、きっと……まだできることがあるはずだ」

俊太郎は、黙って陸の話を聞いて、受けとめて、それから切りだした。

「あのさ……。おまえ、もしかして、自分が死のうとした？」

「……え？」

陸は、息を呑んだ。

確かにあのとき――

陸は、道路に飛びだしてトラックにひかれそうになった葵海を助けた。

道路に飛びこんで、葵海をかばうように抱きしめて、そして、陸の体がトラックに衝突した。

「……18時10分に、葵海の代わりに俺の命がなくなれば、葵海を助けられるんじゃないかって……」

「その瞬間、もどったんだろ？」

俊太郎の言うとおりだった。

「もどったのは、死ぬ運命じゃないおまえが死のうとしたからだよ。そのときに葵海ちゃんと一緒にもどったっていうなら、葵海ちゃんは単におまえに巻きこまれただけなんじゃないか？」

「………」

「葵海ちゃんの運命を変えられたんじゃない。おまえの運命を変えられなかっただけなんだ」

「なんで……ッ」

わかったようなことを言う俊太郎に耐えられず、陸は大きな声をあげた。

「なんでそんなこと、言い切れるんだよッ！」

けれど、俊太郎は、静かに言った。

「……俺も、やったことがあるから……」

「………！」

陸は目を見ひらいた。

俊太郎は、カウンターの中に貼ってある亡き妻の写真を見つめていた。

外でその話を聞いてしまった葵海は、呆然としていた。

ずっと陸が助けてくれていた……？

陸が死のうとしていた……？

葵海は、ふらふらとそのまま家にもどった。


♪


瀬戸フェスの前日。

葵海が部室に行くと、直哉と鉄太が練習をしていて、里奈がそのまわりで片付けをしていた。

陸がいないだけで、それ以外はいつもの風景。

でも、葵海にとっては、それはたまらない状況だった。

自分のために魂をすり減らして、傷ついて、ひとりっきりでずっとずっと闘ってくれていた陸。

「葵海？」

里奈の声にも反応せず、葵海は無意識のうちに外にかけだしていた。

葵海がひとりで海辺にたたずんでいると、そこに陸がやってきた。

陸は陸で、たぶんあれから、いろんなことを考えたんだろう。

その瞳は、たよりなげで、捨てられた子犬のように見えた。

「……葵海」

陸は、明るい声で呼んだ。

「ここにいたんだ。曲のつづき、つくろう」

葵海と陸は、陸の部屋で曲づくりを始めた。

新曲の歌詞をつづるページが埋まっていき、ついに一曲が完成した。

曲の終わりのコードを弾くと、陸がほほえむ。

「いい感じじゃん？」

「…………」

葵海は、うまく答えられなかった。

でも、陸はつづけた。

「明日のライブでやりたいけど、絶対練習に間にあわないよな、とくに直哉がさ」

冗談っぽく笑って言う。

「しょーがない！　一ヶ月もどって、みんなで練習しようぜ」

いつもより明るくて、いつもよりおしゃべりな陸を、葵海は見ていられなかった。

葵海は、しぼりだすように言った。

「もう……嘘つかなくて、いいよ。陸」

「……え？」

「何回繰りかえしたの？　何回、私が死ぬのを見たの？」

「…………」

葵海がなにを言いだしたのかがわかって、陸は悲しそうな顔をした。

「あの日、私の代わりに……」

「おまえは！　死なない！」

陸は自分でも知らぬ間に叫んでいた。

もがくように叫んでいた。

「このレコードがあれば、もどれるんだよ。いくらだって。ふたりでずっともどりつづければいい……！」

陸は、葵海の手をぐいっと引いて、押し入れの中のレコードプレーヤーのもとへいざなった。

そして、無理に笑顔をつくって言う。

「次はどこへ行く？　いっそ、高校までもどってみる？　ほら、あのつぶれた焼きそば屋、また食いたいなって、葵海言ってただろ」

葵海はなにも言えなかった。

陸はレコードを見つめてつづける。

「それに文化祭！　葵海、歌いたいって言ってたのに、俺、ヤダって言って出なかったからさ。やり直そう、もう一度もどって……」

陸……。

葵海は陸の必死な顔を見つめた。

陸は、これまでと同じように、葵海の手をとって、一緒に特別なレコードに針を落とそうとした。

でも、陸の手が触れたとき、葵海の中で、この一年の記憶が走馬燈のようにめぐった。

陸と一緒に過ごせて、本当に幸せだった一年。

海沿いをふたりで、自転車で走ったときの陸のうしろ姿。

いつもより輝いていた波打ち際と青い空のきらめき。

ギターを弾く陸の指の美しさ。

カフェのテラスでうたた寝する陸の横顔。

それから――

「……好きだよ。おまえのことが。最初に会ったときから」

告白してくれたときの、あの笑顔。

ふたりで重ねた日々が、大切で大切で大切で……。

葵海は、ぎゅっと目をつぶって、つぶやいた。

「……だめ」

次の瞬間、葵海は、レコードを手にとって――


そして、割った。


「……っ！」

陸は、声にならない声をあげた。

無残に割れてしまったレコードを見つめて、愕然とする。

「なんで……！　今まで俺がどんな思いで……。どんな思いで、同じ時間を繰りかえしてきたと思ってんだよ！」

葵海は、まっすぐに陸を見た。

「もどらなくていいの。私、もどりたくない！」

「……なに、勝手に諦めてんだよ……」

陸は、割れたレコードを必死にかき集めて、言った。

「絶対もどしてやる。俺が助ける。俺が何度だって、葵海ともどって……」

「いつまで？　これからずっと？」

「ずっとだよ！」

「そんなの……生きてるって言える!?」

「生きてなくたっていい！」

「そんな……」

「葵海のいない未来なんて、俺には意味がないんだ」

自分のことを想ってくれる陸の気持ちが痛いほど伝わってきて、葵海の目から涙が溢れた。

けれど、だからこそ、こんなのはたまらない。

葵海は、心からの想いを叫んだ。

「もうこれ以上、陸の時間を奪いたくないんだよ……！」

私は、知らないうちに時間どろぼうになっていたんだ。

陸にちゃんとした時間の流れを返さなきゃ。

葵海は涙をぬぐいながら、ゆっくりと心をこめて陸に伝えた。

「……やり直したくないよ、どの時間も。だって、陸と出会ってからの十五年も、陸と繰りかえした一年も、すっごく楽しかったから……」

それでも陸はなにも言わずに、葵海が割ったレコードを見つめていた。

今を生きる

朝がやってきた。

瀬戸内海の穏やかな海のふちに、太陽の光がこぼれだす。

すべてを洗い流すように射しこんでくる光の中、葵海はギターを弾いていた。

自分の部屋でひとり、これまでの自分の人生、陸への想いをこめて歌っていた。

しばらくすると、母の圭子が二階にあがってくる。

「葵海、少しは荷物を……って、あら？」

葵海の部屋は、きれいに整理整頓されていた。

散らかしっぱなしの紙切れもなく、留学の荷造りもすんでいて、部屋の真ん中にスーツケースが誇らしげに鎮座していた。

「片付いていると、それはそれで張りあいないわね。じゃあ……はいっ」

圭子は、葵海にひとつのつつみを渡した。

葵海が首をひねると、圭子が言う。

「お誕生日でしょ？」

「あ……そっか」

「あけて、あけて！」

うながされてつつみをあけると、出てきたのは大きなベル型の目覚まし時計だった。

試しにスイッチを押してみると、けたたましい音が鳴り響いた。

「すごいでしょ。これなら、お母さんいなくても、起きられるんじゃない？」

「……うん」

「ホストファミリーに迷惑かけないようにね。これからは洗濯も掃除も自分でちゃんとやらないといけないんだからね」

「……うん」

いつもの葵海だったら「むこうに行ったら、なんとかなるって！」と笑ってすませていたであろう母の言葉。

でも、今の葵海には、胸が詰まって、小さくうなずくくらいしかできなかった。

「危ないところには行かない。お菓子ばっかり食べない。で……どうしてもさみしくなったら、いつでも帰ってきちゃいなさい！」

圭子は冗談めかして、優しい言葉をかける。

母という存在のあたたかさを、葵海は今さらながら噛みしめた。

「どれだけ遠くに行っても、葵海の家はここにあるんだからね」

どれだけ遠くに行っても……？

私がこの世からいなくなってしまっても……？

これから起こることが頭をよぎって、葵海は涙をこらえきれなくなった。

きっと、ものすごく悲しませてしまうんだ。

いやだよ、お母さんとはなれたくないよ。

たまらず葵海は、圭子の腰にぎゅっと抱きついた。

大好きなお母さん。

お母さんの匂いをかぐと、心の底から安心できる。

大きくなってからは抱きつくことなんてなかったけれど、葵海はこの一瞬で小さなころに感じていた幸せな感覚を思いだした。

「あらあら、どうしたの？」

「……ホームシック」

葵海が答えると、圭子は笑いながら葵海の頭を撫でた。

「困った子ねー。まだ出発してもないのに」

葵海の涙は、いつまでも止まらなかった。

♪

陸は自分の部屋で、徹夜で割れたレコードを修復しようとしていた。

なんとかレコードをくっつけて、プレーヤーにかけてみる。

けれど、時間はもどらない。

そこに俊太郎が顔を出して、陸によりそった。

「……しくじるよなあ、なんでも大抵一回目は。それが、大切な人との別れだとしてもさ」

「…………」

陸が反応できずにいると、俊太郎は亡き妻の話をつづけた。

「だから、俺もやり直そうとした。それで何度もしくじったよ。あいつを救うことも、追って死ぬこともできない。でも、何十回目だろう。つかれはてて病室で寝てた俺にあいつが言ったんだ。『いつまで寝てんのよ』って。そのとき、人の気も知らないでなんだよって俺は思った。でも、それで気がぬけたのか、なぜか腹が鳴った。それで、あいつが笑ったんだ。本当に久しぶりに」

「…………」

「つられて俺も笑ってさ。そしたら、あいつが『よかった』って笑ったんだ。なんだか、俺がずっと遠くに行ってしまったような気がしてたって言うんだよね。だから『最後に目が合ってよかった』って。それからの短い時間は、俺にとって、今までいちばん幸せな時間だったよ」

俊太郎はしみじみと語り、そして、陸に問いかけた。

「なあ、陸……。今、おまえが大事にしたい時間はなんだ？　壊れたレコードをいつまでも直そうとしていることか？」

陸は、うつむいたまま手を止めた。

「本当はもう、わかってんだろ？」

それだけ伝えて、俊太郎は陸の部屋をあとにした。

陸は、葵海が置いたままにしていった、たくさんの歌詞のメモを見つめた。

机の上には、歌詞をまとめた葵海のノートも残されている。

陸は、そのノートを手にとった。


直哉と鉄太は、大学の部室で最後の練習をしていた。

でも、ギターの陸も、ボーカルの葵海もきていない。

「はは……。バンドが終わるときって、大抵こんな感じだよな」

乾いた笑いとともに、鉄太がつぶやいた。

けれど、そのとき、陸が息を切らしてかけこんでくる。

「ラ、ライブがしたい……！」

直哉と鉄太は、顔を見合わせた。

「……まあ、俺らは、するつもりだけど？」

冷たい口調で直哉が言うと、陸は、思いっきり深く頭をさげた。

「こないだは、ほんと悪かった！」

その謝罪があまりにまっすぐだったので、直哉と鉄太は、面食らった。

「ライブがしたい。おまえらと一緒に……！」

直哉と鉄太の口もとがむずむずとゆるむ。

鉄太が直哉を小突くと、直哉が口をひらいた。

「……んー、まあ、そこまで言うなら、やってあげても……ねえ、鉄太くん？」

「おう！」

その声を聞いて、陸はほっとして大きく息をついた。

それから、手にしていた葵海のノートを差しだした。

「この曲を、みんなで……！」

「え、なにそれ」

「新曲。葵海とつくったんだ」

「はあああ？」

直哉と鉄太は、声を揃えておどろいた。

「今から新曲？　さすがにそれは、ぜってー間にあわねえよ！　わかるっしょ！」

直哉が言う。

でも、陸は引かなかった。

「わかってる！　でも！　たのむ！　どうか、たのむ……！」

直哉と鉄太は、再び顔を見合わせた。

そして、ふっと笑って、鉄太が言った。

「ぜってー100パー間にあわない。……だから、死ぬ気でやんぞ、直哉」

直哉も応える。

「しょーがねーなー。まあ、鉄太くんなら、大丈夫。きっとできるよ！」

「って、危なっかしいのは、おまえだっつーの！」

直哉が陸に明るく笑いかける。

「やっと見られた。おまえのかっこ悪いとこ」

陸の瞳には涙が滲んでいた。


そして、みんなは、瀬戸フェスの会場に到着した。

大勢のスタッフが走りまわる中で、陸は里奈と一緒に花火師のおじさんに頭をさげていた。

ストロボスコープ最後のライブを成功させたい。

葵海の旅立ちを祝いたい。

そう里奈を説得したのだ。

「お願いします！」

「里奈ちゃんにたのまれても、できねえもんはできねえんだよ」

「そこをなんとか、お願いします……！」

花火師のおじさんは、ふたりの熱意に気圧されていった。

最後のピースは……葵海だ。

きっとあそこにいる。

陸は確信を持って、海の見える高台に走った。

思ったとおり、葵海はそこにたたずんでいた。

「葵海……っ。ライブ、始まるぞ！」

陸が声をかけると、葵海は今にも泣きそうな顔で振りかえった。

「どうしよう……わかんなくなっちゃった……」

「葵海……」

「ずっと、考えるより先に突っ走ってきたのにね。今は……どこに行ったらいいのか、陸のそばにいてもいいのか、わかんなくなっちゃった……」

今の葵海の気持ちは、どんなに想像しても想像しきれない。

陸にはそれがもどかしかった。

それでも自分にとっての確かなものをたぐりよせるように、陸は、葵海の頭を自分の胸に引きよせた。

「俺も、わかんなくて。でも、ひとつだけ……」

陸は葵海の肩をそっと支えて体を起こし、真正面から見つめた。

「今、この時間、葵海と生きていたい」

そして、ふたりは手をつないで、走った。

みんなのいる会場へ！

「歌おう。一生分」

「……うんっ」

葵海と陸が会場につくと、イベントステージではひとつ前のバンドの演奏が終わろうとしていた。

陸と葵海がもどってくるのを待つ直哉と鉄太に、司会者の男性が慌てて声をかける。

「きみたち、もう出番だよ？　早く！」

でも、直哉も鉄太も、椅子に座ったまま、動かなかった。

「ちょっと！　とりあえずステージに上がって！」

スタッフに押しだされそうになったとき、そこに葵海の声が響いた。

「お待たせ！　ごめん！」

陸もつづいて、かけこんでくる。

「悪い！」

すると、直哉も鉄太も速やかに立ちあがった。

「よっしゃ！　んじゃ……」

「行きますか！」

それを里奈が笑顔で送りだす。

まるで大物バンドのような雰囲気で、みんなはステージにむかった。

そこへ葵海の弟の祐斗がやってきて、葵海にギターを渡す。

部屋に置きっ放しだったのだ。

「姉ちゃん、これ」

「あ、ありがとう！　祐斗！」

葵海は、自分より背の高い弟の頭を、くしゃくしゃっと背伸びしてなでた。

「うぜっ」

祐斗はいつもの調子で、冷めた風な口をきいた。

そんな祐斗が、葵海の目にはとてもかわいく映った。

「じゃあね、葵海。客席で見てるからねっ！」

バタバタと出ていこうとする里奈に、葵海は声をかけた。

「あっ、待って、里奈！」

葵海は、里奈にかけよって、そっと伝える。

「このままでいいの？」

「え？」

「直哉と」

「はあ？　誰があんな……」

しらばっくれようとする里奈に、葵海は、ある言葉を伝えた。

「『ただの幼なじみで過ごす夏休みと、彼氏彼女で過ごす夏休みは全然ちがうよ？』」

これは、葵海が時間を繰りかえす前、陸に告白できないままだったころ、里奈に言われた言葉だ。

もちろん目の前にいる里奈は、知る由もないセリフだけど、葵海は里奈からもらったたくさんのエールへの感謝をこめて、それを口にした。

「なに、その上から目線っ！」

里奈は、テレ隠しに茶化して、葵海に笑いかけた。

でも、葵海は真剣に言った。

「……ちがったよ。ほんとに」

葵海の視線の強さに、里奈は飲みこまれた。

「……わかった！　考えとく！　だから、ほら、早く行かないと！」

里奈に背中を押されて、葵海はステージへむかう。

でも、やっぱり……！

葵海は、振りかえって、ぎゅっと里奈に抱きついた。

そして、伝える。

「見てて！」

葵海は、歓声のわく光に満ちた表舞台へ、ふわっと舞うようにかけだしていった。

エピローグ

side AOI

ステージの上に立つと、不思議と心が落ち着いた。
客席に、圭子や祐斗、俊太郎の顔がならんでいて、里奈もこちらに手を振っている。
私には伝えたい想いがたくさんある。
伝えたい人がたくさんいる。
どんなに伝えても、あとからあとからあふれてくるのは、わかっているけれど。
どんなに伝えても、伝えきれないに決まっているけれど。
それでも、伝えたい。
ありったけの気持ちをこめて。
だって、私は、今、こんなに幸せだから。
それは、みんなのおかげだから。

陸からもらったネックレスをぎゅっとにぎると、力がわいてくる。
私は目をとじて、陸のギターのイントロが聞こえるのを待った。
流れてきたのは――
昨日、陸とつくりあげたばかりの新曲のイントロだった。

まさか！
おどろいて、陸を振りかえると、陸はいたずらっぽく微笑んだ。
直哉や鉄太も、なぜ、演奏できているの？
おどろいたけれど、私は、みんなの奏でる音に身をまかせることにした。
すると、とても自然に、声があふれだす。
それから、もうひとつ、私をおどろかせることが起こった。
あんなに人前で歌うのをいやがっていた陸が、一緒に歌ってくれたのだ。
声を重ねて、ふたりの想いが歌となって町中に広がっていくのを感じた。
たくさんの拍手にのみこまれて、私たちの演奏は終わった。
すると、目の前の海に、大きな花火が上がる。

「わ、すごい……！」

演奏の終了とともに花火が上がるなんて、夢みたいな光景だ。

私は素直に歓声をあげた。

「ハッピーバースデー、葵海」

隣で陸がそっと伝えてくれた。

「さすが、陸だね」

「……だろ？」

「ねえ、またなにか、ずるしたの？」

そんなわけがないことを知りながら、私は陸に笑いかけた。

「さあね」

陸も柔らかに笑って、私の手をにぎってくれた。

「約束しただろ？」

「ありがとう……。100回目は、最高の誕生日だね」

私は、そう言って、本当に心から笑った。

side RIKU

海はいつもと変わらず穏やかだった。
僕らは着慣れない喪服に身をつつんで、言葉なく海岸を歩いていた。
どのくらい時間が経ったのだろう。
やがて、泣きつづける里奈の肩を支えながら、直哉が帰路に就いた。
鉄太くんも僕の肩にぽんと手を置いてから、その場を去った。
残った僕は、ひとりで海を見つめた。
これまで、あんなに何度も《２０１６年７月31日　18時10分》を目の当たりにしてきたのに。
しっかり覚悟していたはずなのに。
それでも、やっぱり悲しくないわけがなかった。
葵海がいた世界と、もういないこの世界を、同じ世界だとは思えなくて、僕はうまく息ができない。

涙も出なかった。

俊太郎叔父さんのカフェにもどると、叔父さんがいつものカレーを出してくれた。

「全部食べろよ」

「……うん」

カレーの皿を受けとると、叔父さんは「あ、それとデザートもあるよ」と言いながら、
なぜか、お店のプレーヤーでなにかのレコードをかけはじめた。

「……預かってたもんがあってさ」

叔父さんは、ぽつりと言って、それから外に出ていった。

僕は、受けとったカレー皿をぼんやりと見つめていた。

正直、あまり手をつけたい気分でもなかった。

そこに、突然――声が響いた。

「陸、元気ですか？」

葵海の声だった。

僕はおどろいて、あたりを見まわし、声の元のレコードプレーヤーにかけよった。

「……って、元気なはずないか。でも、私は全然心配してません。私がいなくなった時間にも、陸は、楽しいことや美しいことをたくさん見つけられると思うから……」

響いてくる声が恋しくて、ふるえる。

プレーヤーの上でまわっているのは、チョコレートのレコードだ。

いつの間に、つくってくれていたんだろう？

僕でさえ、あんなに時間がかかったのに？

そんなことを考えながら、葵海の声に耳をすませていた。

「私の人生の大切な時間は、全部、全部、陸が刻んでくれたんだよ。だから、陸のレコードの針は、これからちゃんと前に進めてください。私の時間なんてさっさと追いぬいて、もっともっと遠くへ……ね？」

レコードの中の葵海はつづける。

「これは、陸への100回分の誕生日プレゼントです」

プレーヤーのそばに置いてあったレコードのジャケットを見ると、『HAPPY BIRTHDAY×100』と書きこまれている。

それから、葵海のアコースティックギターの音と、歌声が響いて……。

それは葵海がつくってくれた、僕のための最後の歌だった。

歌には、たくさんのありがとうと、たくさんの大好きが詰まっていて、そんなの僕のほうが叫びたいことだった。

でも、歌声が、優しくて、うれしくて、空みたいに晴れやかで、海みたいに深くて……。

僕は、葵海が死んでしまってから、はじめて涙をこぼした。

あとからあとから、あふれて止まらなくて。

でも、少しもいやな涙じゃなかった。


『葵海のいない未来なんて、俺には意味がないんだ』

あのころ、僕は、そんな風に思っていた。

でも、もう、そうは思わない。

僕は、僕の日々を生きる。

だから、たとえば、直哉や鉄太くんや里奈となーんの意味もないバカ話をする時間にさえ、僕は意味を見いだせる。

だって、すべては、葵海が祝福してくれている日々だからだ。


今でもよく、海の見える高台へ行く。

そして、そこであのレコードに吹きこまれていた最後の言葉を思いだしたりする。

「あ、そうだ、最後にもうひとつ。このレコード、食べちゃっていいからね」

葵海らしいと、僕はひとりで笑う。

もちろん、レコードは食べた。

甘くて、苦くて、最高に愛しい味だった。

おわり

集英社みらい文庫

君と100回目の恋

映画ノベライズ みらい文庫版

ワダヒトミ 著

Chocolate Records 原作

ファンレターのあて先
〒101-8050 東京都千代田区一ツ橋2-5-10 集英社みらい文庫編集部
いただいたお便りは編集部から先生におわたしいたします。

2016年12月27日 第1刷発行
2017年1月25日 第2刷発行

発行者 北畠輝幸
発行所 株式会社 集英社
〒101-8050 東京都千代田区一ツ橋2-5-10
電話 編集部03-3230-6246
読者係03-3230-6080
販売部03-3230-6393（書店専用）
http://miraibunko.jp
装丁 +++野田由美子 中島由佳理
印刷 凸版印刷株式会社
製本 凸版印刷株式会社

★この作品はフィクションです。実在の人物・団体・事件などにはいっさい関係ありません。
また、この本は、映画『君と100回目の恋』（二〇一七年二月公開）をもとにノベライズしたものです。

ISBN978-4-08-321353-3 C8293 N.D.C.913 168P 18cm

い
急がばまわれど逃げられず
ろ
論より証拠に肝だめし
は
化けの皮にとり憑かれる
に
二兎追うものは、百兎に追われる
ほ
仏の顔も鬼になる
へ
下手な鉄砲、数うちゃ自滅
と
遠くの親戚より近くの幽霊
めくるたびに恐怖!
しかも、
とちゅうでやめられない!?
そして……
言彦さんの正体とは??

命がけにつき！

まばたき禁止のスリル！

キミにこの謎がとけるかな？

犯罪組織「死の十二貴族」の手によって
密室にとじこめられる
天才少年小説家・月読幽。
バツグンの知恵と推理力を駆使して、
同級生の雫と太陽とともに脱出にいどむ！

田中くんって何者!?

試し読み読者から絶賛の嵐!

- ぼくも給食マスターになりたいです(8歳・小学生)
- 田中くんのおかげで給食が好きになりました(10歳・小学生)
- この本を読んで牛乳が飲めるようになりました(11歳・小学生)
- この本、めっちゃオモろい!(12歳・中学生)
- 田中くんカワイイ〜♥(14歳・中学生)
- 「牛乳カンパイ係」の仕事ぶり、勉強になります(会社員・25歳)
- 料理男子な田中くんと結婚した〜い(OL・29歳)
- ウチの子の食べ物の好き嫌いがなくなりました(主婦・43歳)
- 田中くんを読んで勇気がでました。就職します(無職・34歳)
- 文部科学省の大臣に推薦したい本ですね(59歳・会社役員)

あらすじ

御石井小学校5年1組の**転校生・鈴木ミノル**は
牛乳が苦手で給食が大きらい!
しかし、同じクラスの**「牛乳カンパイ係」田中くん**と出会い、
とんでもない給食タイムを目の当たりにして……!!
読めば読むほどおいしくなる**デリシャス学園グルメコメディ♪**

みんなが夢中の

作・並木たかあき　絵・フルカワマモる

第1弾
めざせ!給食マスター

第2弾
天才給食マスターからの挑戦状!

好評発売中!

「みらい文庫」読者のみなさんへ

言葉を学ぶ、感性を磨く、創造力を育む……、読書は「人間力」を高めるために欠かせません。

たった一枚のページをめくる向こう側に、未知の世界、ドキドキのみらいが無限に広がっている。これこそが「本」だけが持っているパワーです。

学校の朝の読書に、休み時間に、放課後に……。いつでも、どこでも、すぐに続きを読みたくなるような、魅力に溢れる本をたくさん揃えていきたい。読書がくれる、心がきらきらしたり胸がきゅんとする瞬間を体験してほしい、楽しんでほしい。みらいの日本、そして世界を担うみなさんが、やがて大人になった時、「読書の魅力を初めて知った本」「自分のおこづかいで初めて買った一冊」と思い出してくれるような作品を一所懸命、大切に創っていきたい。

そんないっぱいの想いを込めながら、作家の先生方と一緒に、私たちは素敵な本作りを続けていきます。「みらい文庫」は、無限の宇宙に浮かぶ星のように、夢をたたえ輝きながら、次々と新しく生まれ続けます。

本を持つ、その手の中に、ドキドキするみらい――。

本の宇宙から、自分だけの健やかな空想力を育て、〝みらいの星〟をたくさん見つけてください。

そして、大切なこと、大切な人をきちんと守る、強くて、やさしい大人になってくれることを心から願っています。

2011年　春

集英社みらい文庫編集部